세상에서 가장 약한 요괴

This book is published with the support of the Literature
Translation Institute of Korea （LTI Korea）

イラストレーション　クイックオバケ

ブックデザイン　岡本歌織（next door design）

contents

著者まえがき

不思議なことが続いています。

私は小説の勉強をしたことがありません。学歴もなく、本も読まない、鋳物工場の労働者に過ぎませんでした。そんな私が本を出しただけでも不思議なのに、日本語版が出るとは。

この本に収められている物語の起源は、鋳物工場の灰色のコンクリート壁です。私は十年以上その壁を見つめながら、ずっとあれこれ妄想をしていました。退屈さを紛らわせるためでしたが、ある日、不思議なことに物語ができました。私は我慢できず、そのめちゃくちゃな物語をインターネットにアップしました。文章の書き方もろくに知らない人間が書いた物語に、どんな反応があったと思いますか？

みんな、「面白い」と言ってくれたのです。その時、私の人生は変わりました。私はただ、読んでくれる人たちを面白がらせるためだけに書き始めました。そうして何百篇もの小さな物語ができて、ふと気づくと、作家と呼ばれるようになっていました。

自分の人生で、これ以上不思議なことはないだろうと思っていたのに、今、この文章は日本語になってるんですよね？　不思議なことが果てしなく続きます。

私の名はキム・ドンシク。一九八五年生まれです。二〇一六年まで自分の名前以外に文字を書くことはありませんでした。でも一度書き始めてからは、休まずに書き続けています。おかげで〈キム・ドンシク小説集〉（全十巻）が刊行されました。この本はそのうちの一つです。私が灰色の壁に見ていた世界を、みなさんが白い紙で読んで下さることを楽しみにしています。とても不思議なことですけれど。

キム・ドンシク

8

黄金人間

悪魔が人間の世界に遊びに来た。

黄金の身体《からだ》を持った悪魔は、こう宣言した。

「人間どもよ、金《かね》が欲しいだろ？　お前たちの中から欲の深い人間を何人か選んで黄金に変えてやるよ」

黄金の悪魔が手に触れるものすべてを黄金に変えて見せたので、人々は悪魔の言うことを信じた。

みんなは、欲の深い人間とは、金に汚い金持ちなのだろうと思った。

しかし、その予想ははずれた。

意外なことに、黄金に変わったのは、ほとんどが貧しい人たちだったのだ。

彼らの多くは、一つの家庭を率いる家長だった。自分が稼がなければ家族全員が飢え死にするかもしれないような。

人々は彼らを気の毒だと思った。彼らの家族は突然、家長を失ってわんわん泣いた。

だが、黄金になった彼らは、死んだのではなかった。

黄金になっても生きていた。

彫像のような黄金人間たちは、誰にも見られていない時、動くことができた。

黄金人間を部屋の中に置いて家族全員がいったん出ていってから戻ってみると、黄金人間の位置や姿勢が変わっていた。ペンで紙に字を書いた黄金人間もいた。

それで人々は、黄金人間が生きていると確信した。

黄金人間とその家族は、紙に字を書くことで気持ちを伝え合った。

無人にしてカメラで撮影しても、人に見られているのと同じように動けなかったから、最も原始的な筆談をするしかなかったのだ。

筆談ができるというだけで、家族は感謝した。黄金になってしまった父や母が生きているという実感を持てた。

だが、家族には大きな問題があった。

貧しさだ。

最初に述べたように、黄金になった人たちは、どうしてもお金が必要な家庭の家長だった。自分が頑張って家族全員を食べさせなければならない。

彼らの家族は病気や障害があったり、あまりにも幼かったり老人だったりして働けなかったので、家長が黄金人間になってしまった瞬間、家庭は貧しさに崩壊し始めた。

しかしすぐに解決策が見つかった。なんといっても、すぐそばに黄金があるではないか。

黄金人間たちは愛する家族にメッセージを残した。

「私の髪を切って売りなさい」

家族は家長の言葉に従った。

多くの黄金人間の髪が短くなり始めた。黄金人間の身体にあるすべての毛も、次第に消えていった。手足の爪《つめ》も極端なまでに短くなった。

しかし、さらに時間が経過すると、彼らの家庭はまた貧しくなってきた。

その次に起きたことは、ひょっとすると、ごく自然なことだったのかもしれない。黄金人間たちは、また家族にメッセージを残した。

「私の肉を削って売りなさい」

それがなくなれば、もう元の人間に戻れなくなるような、取り返しのつかない部分にまで手がつけられ始めた。

初めは耳たぶ、続いて太もも、ふくらはぎ、尻、ひじ……。黄金人間たちは、だんだんやつれていった。

彼らはそうしてでも家族を救いたかった。黄金人間になったとはいえ、彼らは家長だったから。

ところが、一部の家族は少しずつ変わり始めた。黄金人間は普通の人間だった時よりも簡単に大金を稼いでくれたからだ。

最初は黄金人間のことを思って、できる限り節約しながらつつましく暮らしていた。だが、時間が経《た》つにつれて考えが変わった。

これぐらい買ってもいいんじゃない？　この程度のぜいたくは許されるんじゃないかな。俺たちもちょっとは高価な物を食べたっていいだろう。コンピューターが欲しい。スマホを新しいのに買い替えたいんだけど。車があればいいな。広い家に住んでみたい……。

彼らは黄金人間の身体から出る黄金が、ただで手に入るもののように思えてきた。あまりにも簡単にお金が手に入るので、彼らは浪費するようになった。

そんな家族の頼みを、黄金人間になった家長たちは一度も断らなかった。黄金人間の身体は、ますますひどい状態になってきた。片方の手首から先がなくなった。片方の足首から先がなくなった。片方のひじから下が、片方のふくらはぎから下が消えた。

それでも黄金人間たちは何も言わなかった。彼らは家長だったから。家族は、黄金人間が許可したという理由で自らを正当化した。

お父さんに腕なんか必要ないでしょ。腕は片方あればいいよ。

お父さんはもう歩くことはないんだ。片足だけあればいいだろ。

脚がなくても問題ないさ。横になっていればいいんだから。

そんなにしょっちゅう筆談しなくてもいいよね。片腕がなくなっても構わないよ。

上半身さえあれば、私たちは永遠にお父さんと一緒にいられるわ。

家族にとっては、むしろ好都合だったのかもしれない。黄金の父や母が永遠に死なないということは。

こうして貧乏から完全に抜け出した家族は、黄金人間の残った部分を、まるでトロフィーみたいに家の中に飾った。

勝手な考えだけれど、このままでも悪くはないと思った。死ぬまで黄金の父親、黄金の母親と一緒に暮らせばいい。貧しい生活を抜け出して幸せに暮らせるようになったのだから。

もう筆談もできないので確かめようもないけれど、黄金のお父さんやお母さんも満足だろうと思った。

黄金の悪魔が再び現れるまでは。


「よう、久しぶり！　黄金人間たちはどんなふうに過ごしているかな。ちょっと見てみよう。え？　何だ、こりゃ？　脚がない……、腕がない……、こいつは胴体すらない。うひゃっ！」

それに続く衝撃的な台詞《せりふ》を聞いて、黄金人間の家族たちは言葉を失った。

「お前たち、痛くないのか。うわあ！　さぞかし痛いだろうに、どうやって我慢してたんだ？」

「……」

家族は、想像もしていなかった。黄金になった父や母が苦痛を感じていただなんて。

トロフィーみたいに飾ってあった父や母が、ずっと苦痛に耐えていたとは。

家族はただただ涙を流した。黄金の父や母を抱きしめ、我を忘れて泣いた。

しかし、ほんとうの悲劇は、まだこれからだった。

「かわいそうで見ていられない。みんな、元の人間に戻してやるよ！」

「……」

あちこちで、すさまじい光景が繰り広げられた。人間に戻ってしまったために、かえって多くの悲劇が起こった。

それでもその日、黄金人間だった人たちは、こんなことを言いながら死んでいった。

「私は大丈夫」

16

家族を養うために欲を出さなければならなかった、そのために黄金人間にならなければならなかった家長たちは、みんな似ていた。どういうわけか、みんな。

世界でいちばん弱い妖怪

世界でいちばん弱い妖怪《ようかい》が現れた。

その妖怪が世界でいちばん弱いということは、意外にも本人の口を通して明らかにされた。

「人間よ、ちょっと聞いて！　驚かないで！　攻撃しないで！　ぼく、ほんとに弱いの。絶対に殴《なぐ》らないでね！　ほんとに弱いんだから。本気で殴られたら、すぐ死んじゃう。殴らないで！　見た目は怖いけど、ぼく、歩くこともできないんだよ。ほら、手足も身体もないだろ？　子供だってぼくを殺せる。だから攻撃しないで！　殴らないで！　ほんとに弱いんだから」

ある日、登山道の横の空き地に忽然《こつぜん》と現れたその妖怪の姿は、人々に悲鳴を上げさせるにじゅうぶんだった。

遠目には真っ白なピラミッドのように見えた。ただ、それが呼吸するようにもぞもぞ動いているし、大きな目と鼻と口が一方の壁いっぱいに広がっていて気味悪かった。

妖怪は高さ三メートルほどで、真ん中に目が一つだけあった。目頭と目尻が垂れていて情けない感じがする。目の上には眉《まゆ》がない代わりに、穴が三つの大きな鼻がひくひくしていた。

壁の下のほうは、ほとんどが口で、実に圧巻だった。話すたびに見える歯はそれぞれ勝手な方向に突き出ていて狂暴な印象を与えたし、口の中で巻かれている長い舌には黒い突起物があり、それがむにょむにょ動いていた。

人々は妖怪を見て悲鳴を上げ、大騒ぎしたけれど、妖怪は自分で言うとおり歩くことすらできないから、人間たちに向かってひたすら叫んだ。

「人間よ、驚かないで！　ぼく、ほんとに弱いの。ねえ、話し合おう。怖がって、ぼくを殺したりしないでね！　ぼく、ほんとにとっても弱いんだから。怖いのは、ぼくのほうだよ。驚かないで！　ぼくはほんとに弱いんだ！」

通報を受けて駆けつけた警官が、遠くから銃を構えた。

「ねえ待って！　それ、銃だよね？　撃たないで！　一発で、ぼく死んじゃう。撃たないで、お願い！　殺さないで！　撃つな！　ぼくはほんとに、世界でいちばん弱いんだってば。どうか殺さないで！　撃つな！」

妖怪は、それでなくとも白い顔をいっそう白くして、ぶるぶる震えた。

そのようすを見ていた人たちは、ちょっと落ち着きを取り戻した。

「人間よ！　ぼく、弱すぎて、妖怪の世界から追放されたの。どうしてここに落ちたのか自分でもわかんないけど、ぼく死にたくない！　ほんとに弱いんだよ。だからお願い、攻撃しないで！　殴るなって！　ぼくは君たちよりはるかに弱いんだ。ほんとに弱いから、すぐ死んじゃうんだってば！」

妖怪の言葉を裏づける事件が起きた。野次馬の中にいた子供が石を投げたのだ。

ボコッ！

「あ！　いたっ！　あぁっ！　いたたたっ！　石を投げるなんて。あああ、死ぬう！　いたーい！　そんなことしちゃ、だめだよ」

石が当たったところは、たちまち赤く腫《は》れあがった。妖怪はひどく苦しんで、一つしかない目から涙を流している。

それを見て、人々は冷静になった。

妖怪はやがて落ち着き、群衆に向かって訴えた。

「ぼく、ほんとに弱いの。殺そうと思えば、子供だってぼくを殺せるんだ。お願いだから殴らないで！　殺さないで！　ぼくたち、共存しようよ。ぼくは妖術を使えるんだ。君たちの役に立てる。だからどうか、殺さないで！　人間よ、ぼくと共存しよう」

歩くこともできない妖怪は、言葉で人間を説得し続けた。その間に軍隊が出動して妖怪を包囲し、その都市の市長がとりあえず人間代表として妖怪と話し合うことになった。

そしてテレビ局がその模様を全国に生中継した。

「うう……どうか銃なんか撃たないで……ぼく、一発で死んじゃうんだ……うう」

「お、お前はいったい何者だ」

「ぼくは妖怪だ。妖怪世界から追い出された妖怪！　ぼくはあんまり弱すぎて追放されたんだ。人間より、はるかに弱いの。だから、頼む、殴らないで！　ぼくほんとに、すぐ死んじゃうんだよ」

「それなら、何のためにここに来た？」

「来たんじゃなくて、ここに追放されたんだってば！　ぼくはもう永遠にここで暮らさないといけないの。だから、どうか攻撃しないで！　殺さないで！　人間よ、共存しようよ」

「共存だと？」

「そう、共存！　君たちがぼくを生かしておいてくれるなら、ぼくも自分の妖術で人間を助けることができるよ」

「妖術？」

「そう、妖術！　ぼく、人間を若返らせることができるの。八十歳の老人を二十歳の青年に戻せるんだ」

「何だって？　本当か？　信じられん！」

「ぼくを見なよ！　信じられないったって、こんな変な妖怪が実在してるじゃないか。ほんとだってば！　ぼくが嘘をつく理由はないだろ」

「そ、そんなら私を若返らせてみなさい！　そんなことができるのか？」

「もちろん！　でも、その方法が、ちょっと……絶対に誤解しないでね」

「どういうことだ？」

「ぼくの言うことを、絶対に誤解しないでよ。攻撃しちゃだめだよ！　妖術であなたを若返らせるには、ぼくがあなたを食べなくちゃいけないの」

「な、何だと？」

驚いた市長が一歩退くと、妖怪はあわてて話を続けた。

「違うの、違うの、違うの！　驚かないで！　ぼくの妖術は、そうしないと発揮できないの。誤解しないで！　誤解しないでね！　ほんと、ほんとだってば！」

「でたらめを言うな！」

「嘘《うそ》じゃない！　ぼくみたいに弱い妖怪が、嘘なんかつくものか。ほんとに、ほんとなんだよ。誤解しないで！　いや、誤解してもいいけれど、殴るのだけはやめてね。攻撃しないで！　死にたくないよ。ぼく、ほんとに弱いんだってば！」

「ううむ……」

市長はいったん引き下がった。そしてテレビに出た妖怪は、一日にして世界最高の見世物《みせもの》になった。

ニュースはインターネットを通じて瞬時に世界中に広まり、妖怪を自分の目で見ようと、あちこちから見物人が押し寄せた。

誰もが、顔さえ合わせればそのバケモノについて話した。

「妖怪の言うことはほんとうみたいだ。あんな弱い妖怪が嘘をつくはずがないだろ」

「弱いふりをしてるだけじゃないかな」

「弱いふりをしたって、何もいいことはないだろう。人を食って逃げるとでもいうのか？　武装した兵士に包囲されて、あんなに大勢の人がいるのに？」

「ひょっとしたら、わざと人間を集めておいて、ごっそり食うつもりかもよ」

世界中でいろいろなことがささやかれた。一つ確かなのは、その妖術が、きわめて魅力的だということだった。

国家は妖怪をどう扱うべきか悩み、人々は妖怪が実際にそんな能力を持っているのかどうか知りたがった。

その時、一人の志願者が現れた。

「俺《おれ》が食われてやる！」

六十代のホームレス、キム氏だ。彼は天涯《てんがい》孤独で、無一文だった。持っているものといえば、長いホームレス生活によって健康を害した身体がすべてだ。

「もしも若さを取り戻せたなら、人生をもう一度やり直したい。俺が食われてみる」

国も警察も彼を止めなかった。自殺幇助《ほうじょ》にもなりかねない行為だが、世界中の人たちから寄せられる好奇心には勝てなかったのだ。

「さあ！　俺を若返らせてみろ！」

妖怪の前に進み出たキム氏は、震えながら固く目を閉じた。

「わかった！　でも、人間よ、絶対に驚かないでよ！　絶対に銃を撃っちゃいけない！　ぼくは一発で死ぬんだから。絶対攻撃しないでね、絶対に！」

妖怪は念を押すと、大きな口をいっそう大きく開けた。長い舌がすぐに伸びてきて、キム氏にからみついた。

「うわあ！」

そしてすぐに口の中に入れた。

グニュッ！　ポリポリ！　コリッ！　ペチャペチャ！　ボリボリ！　ベチャベチャ！　バリバリ！

「ぎゃあ‼」

見物人が悲鳴を上げ、武装兵士は思わず銃口を向けた。

妖怪は、キム氏をよく噛《か》んで食べた。

「ゲホ」

妖怪は、ああ、おいしかった、と言うみたいにゲップをした。

人々は呆然《ぼうぜん》としていた。兵士たちは銃を撃つべきかどうか、真剣に悩んだ。

「ま、待って！　ちょっと待ってね！　ちょっとだけ！」

妖怪が顔をしかめて力み始めた。すると妖怪の後ろの、ただの壁みたいに見えていた所に肛門《こうもん》が現れた。

肛門から人間が排泄《はいせつ》された。

「ごほっ！　ごほっ！　はあっ、はあっ、はあっ……あ、あれ？」

肛門から出てきたのは、まさに二十代の若者の姿をしたキム氏だった。

自分の身体を見たキム氏が驚いた。

「ほ、本当だ！　本当に若返った！　本当だった！　本当に、二十代の時の俺だ！」

まるで新しい身体をテストするかのように跳ね回るキム氏の姿は、人々の心を動かした。

「ほらね、ほんとだろ！　ぼくの妖術は、もともとこうして使うものなんだよ」

キム氏が十分以上跳ね回っても何ともないのを見た人が、そっと前に進み出た。

「わ、私もやってもらえないかな？」

「いいよ、いくらでもやってあげる。だから人間よ、ぼくを攻撃しないで！　殴らないでね！　共存しようよ。人間よ、ぼくと共存しよう！」

かくして世界でいちばん弱い妖怪は、人間との共存に成功した。妖怪の前には人々の長い行列ができた。

当初、国家は妖怪を所有し、管理しようとした。しかし世界中から反発が起こったために、妖怪利用の機会はすべての人に開放された。

それだけでも国家は利益を得た。妖怪は山から動くことができなかったので世界中から妖怪を見たいという人が押し寄せ、その観光収入で経済がずいぶん潤ったのだ。

山の周辺の土地価格は、世界の不動産の歴史上、前例がないほど急騰《きゅうとう》した。

妖怪は、先着順で誰でも利用できる。ただし、一人の人が列に並ぶことができるのは一生に一度だけだ。

一生に一度の若返りのチャンスを捨てる代わりに、待機番号が書かれた整理券を売って巨額の金銭を得る人もいた。

利用する本人が来て申し込まないといけないはずなのに、整理券はいつしか商品となった。

家族全員でやって来て赤ん坊まで順番待ちに登録させ、その整理券を売ってもうけようとする人が出てきた。整理券の売買を仲介する会社も設立された。

妖怪ひとりが全世界にとてつもない影響力を及ぼしていた。妖怪が言っていた、妖怪と人類全体の共存が、確かに成し遂げられたのだ。

ところが、約一万人が青春を取り戻した頃、事故が起こった。

「あ、しまった！」

「な、何だ？　どうして出てこないんだ？」

「に、人間よ！　失敗だ！　妖術が失敗しちゃった！」

「え？　どういうことだ？」

「ごめん！　失敗した。さっき食べた人が……死んじゃった。申し訳ない！　殴らないで！　頼むから、攻撃しないでよ！」

「何だと？」

みんなが驚いた。まさか、失敗するとは。一万回も成功したのに、今になって。ずっと続けられてきた若返りの妖術は、初めて停止された。妖怪がようやく本性をあらわしたのではないかと疑う人もいた。

「失敗って？　どうなったんだ」

「ごめん！　自分でもどうしようもないの。わざと失敗したんじゃない。信じて。どうか殴らないで！　攻撃しないで！」

「ううむ……。失敗の確率はどれぐらいなんだ。これまで一万人もうまくいったのに、どうして急に？」

「確率はよくわかんない。おそらく一万分の一ぐらいは失敗するんじゃないかな。

ごめん！」

「一万分の一か……」

一万人に一人でも死者が出るのが避けられないならば、人類は妖怪利用をやめるべきだ。

しかし妖怪はすでに経済の大きな柱になっていた。妖怪を中心に行われることが、あまりにも多かった。

順番を待つ人も、高いお金を払って整理券を買う人もたくさんいたし、整理券を売ってもうけようとする人たちも、かなりの数にのぼった。

妖怪関連で成り立っている産業は、どうするのだ。妖怪によって国家が得る巨額の収入は、どうするのだ。

妖怪利用を止めることはできない。人類は、死亡事故が起きた現実に顔をそむけた。

死んだ人の家族をのぞいて。

「このバケモノめ！　お父さんを生き返らせろ！」

「うわあ！　殺さないで！　ごめん！　わああ！　死にたくない！　お願い！」

包丁を持って暴れる人間から妖怪を守るのは、やはり人間だった。

「止めろ！　捕まえろ！　あいつを止めろ！」

「あああっ！　放せ！　おい、妖怪！」

「包丁を振り上げたぞ！　止めろ、止めろったら！」

父親を失った息子は、手錠をはめられて連行されてしまった。

人々は冷や汗をぬぐった。世界でいちばん弱い妖怪が、刺されて死んでしまいでもしたら……。

それ以来、世界でいちばん弱い妖怪は、どんな王侯貴族《おうこうきぞく》よりも厳重に警護された。利用希望者は列に並ぶ前に保安検査台を通過しなければならず、金属類の持ち込みはいっさい禁止された。

天使が舞い下りてきたとしても、これほど大事にはしてもらえないだろう。丁重な扱いを受けて、妖怪は再び活発に妖術を使った。

「わ！　失敗！　失敗だ！　ごめん！　また失敗しちゃった！　ほんとにごめん！」

今度は五千人ほど食べたところで死者が出た。

人々はまたうろたえたけれど、国家がいち早く遺族を訪ねて補償金を支払い、復讐《ふくしゅう》を未然に防いだ。

「ごめん！　ほんとにごめん！」

「一万分の一と言ったじゃないか？　どうなってるんだ」

「ごめん！　実は、こんなに休みなく妖術を使ったことがなくて、よくわからないんだ。ほんとにごめん！　殺さないで！　殴らないで！」

「ううむ……」

五千分の一の確率で死者が出ても、妖怪利用を停止させることはできなかった。むしろ、前回より再開は早かった。

「うわ！　また失敗だ！　どうしよう？　人間よ、ごめん！　殺さないで！　お願い！　ぼくが悪かった！　ごめん！」

「……」

今度は三千人目ぐらいで死者が出た。

国家はひとまずこの問題を検討することにした。妖怪との共存を続けてもよいのか。

しかし、人々は要求の声を上げた。

「一刻も早く妖怪利用を再開しろ！　いつまで停止してるんだよ」

「何でストップするんだ。私がこの整理券をいくらで買ったと思ってるんだね。あんたたちが弁償してくれるのか？　え？」

「もうすぐ順番が回ってくるのに！　死ぬのが怖いなら勝手に抜ければいいでしょ。それでもいいという人だけが順番で利用すればいいじゃないの」

「死者が出たら、国家がさっさと隠せよ！　死亡事故のニュースのせいで整理券の値段がガタ落ちしちまった」

「妖怪利用が停止された場合に、国家が受ける経済的損失を数値化してみますと……」


今ではもう、数百分の一の確率で死亡事故が起こっても妖怪利用は停止されなかった。

世界でいちばん弱い妖怪は、世界でいちばん安全だ。

核シェルター並みに頑丈な建物が建てられ、その中にいる妖怪には、どんな弾丸も通さない防弾設備が施された。そして優秀なボディーガードが二十四時間、水も漏らさぬ警護で妖怪の身辺を守っている。

妖怪を利用する人たちは二重三重のチェックを受けた後、全裸で順番を待たなければならない。係員は彼らに目隠しをして縄で縛ってから、一人ずつ妖怪の前に連れていく。

世界でいちばん弱い妖怪は、世界中の誰よりも安全だ。

人間をいっぱい食べたけれど、世界でいちばん安全だ。これからも数えきれないほどたくさんの人間を食べるだろうが、世界でいちばん安全だ。

世界でいちばん弱い妖怪は、世界でいちばん強い妖怪になった。

スマイルマン

「ウエ〜ン！」

母親はつらそうな表情で、赤ん坊の柔らかい肌をつねって泣かせていた。彼女は、テレビの前にいる夫にいら立ちをぶつけた。

「まだなの？」

「ちくしょう、まだだ！　どうしてだんだん遅くなるんだろう」

夫婦は、家じゅうに響きわたる子供の泣き声を聞くのがつらかった。夫はじりじりしながらテレビに映し出されたスマイルマンを見つめていた。

画面の中のスタジオではスマイルマン、すなわちキム・ナムが椅子に腰かけ、正面からカメラを見据えていた。表情がこわばり、口の周りが小さく痙攣《けいれん》していて、ひどく緊張しているようすが見て取れた。

やがてスタッフが合図をすると、ナムは重々しくうなずいた。瞳《ひとみ》が不安げに揺れている。ナムは、ごくんとつばを呑《の》み込んでから、

「ふは……は……ふはははははは！」

と、力いっぱい笑った。そして目を固く閉じ、ぶるぶる震えた。

三秒後、彼は目をぱっちり開けて顔いっぱいに喜びの表情を浮かべ、カメラに向かって叫んだ。

「国民の皆様！　もう笑っても構いません！　はははははは！」

発表を確認した夫が、すぐ妻に伝えると、

「スマイルマンが笑ったって！　もういいわ！」

妻はつねるのをやめ、赤ん坊をあやした。

「ごめんね、ママが悪かったね。痛かったでしょ？　ああ、つねった所が赤くなってる！」

夫もようやく子供のそばに行くと、伸びをして緊張していた身体をほぐしながら笑った。

「ふう、心臓が止まるかと思った！　見ている俺もこんなに緊張するのに、あのスマイルマンはほんとに立派だなあ」

「ほんとね。もう三カ月目だ。今度のスマイルマンは長生きしてほしいな」

「まったくだ。あのスマイルマンに、ずっとずっと生きててほしいね」

　テレビ画面の中のキム・ナムは、スタッフの激励と拍手に応《こた》えて満面の笑みを浮かべていた。

＊

　一年前、笑う悪魔が現れて、こう告げた。

「ははは！　人間どもよ、笑うのが好きだろ？　笑うというのは、ほんとにすごいことなんだ。ははは！　それなのに、お前たち人間がただで笑うのが気に入らないな」

人々はとまどった。笑いに値段などあるものか。しかし悪魔の考えによると、笑いの代価は生命だった。

「ひと月に百人だ！　毎月一日《ついたち》の朝八時に、いちばん先に笑った奴《やつ》から百人目までの命をもらっていくよ！　ははは！」

人々はあっけに取られた。その翌月の一日の朝、人々は悪魔の言葉が冗談ではなかったことを知らされた。

朝八時になると、全国で百人の死者が発生した。死亡原因ははっきりしなかったが、外見上の共通点が一つあった。百人とも、笑顔で死んでいたのだ。

それ以来、毎月一日の朝八時になると、全国で百人の死者が出た。まさに青天の霹靂《へきれき》だった。笑ったために死ぬなんて！

その時から人々は毎月一日の朝になると、ひどく緊張した。誰も、絶対に、笑わなかった。

赤ん坊はずっとつねられていたし、小さな子供たちは理由もなく殴られた。

睡眠薬を呑んで眠る人もいれば、自分を殴ったり、悲しい音楽を聞いたりする人もいた。各自、自分なりの方法で笑いをこらえていた。

だが、問題があった。

いったい、いつまで我慢すればいいのだろう。

その答えは、「全国で百人死ぬ時まで」だ。しかし、それがいつなのかを知る方法がなかった。

だから人々は百人が死に終えたという事実を確認するまで、何もできない。それはあまりにも大きな国家的損失だ。

それで、スマイルマンが誕生した。

彼らはひと月に一日だけ働いて、一千万ウォンの月給をもらう。彼らの仕事はたった一つ。

笑うこと。

スマイルマンは毎月一日の朝八時になるとスタジオでじっと待機し、一度笑う。それだけだ。

しかし、何の話もせず、音もしないその番組は、史上最高の視聴率をたたき出した。

人々はスマイルマンが笑ったのを確認すれば普通の生活に戻れた。

みんなは当然、スマイルマンに好感を抱《いだ》いたから、スマイルマンは人気者になった。だが、それは長くは続かなかった。

しばらくするとスマイルマンが死ぬからだ。キム・ナムはもう四人目のスマイルマンだ。

もちろん、スマイルマンたちが笑うタイミングを決めるシステムはあった。

テレビ局は、全国で笑って死んだ人の情報をできるだけ早く収集し、死者が百人を超えれば笑う。ただし、情報が常に正確だとは限らない。

それでスマイルマンは、いつでも命がけで笑った。

三カ月持ちこたえたスマイルマンは、四人目のキム・ナムだけだ。

＊

「ナム先輩、かっこよかったよ！」

「ナム、お疲れさま！」

補欠スマイルマンのコン・チヨルとチェ・ムジョンが、笑顔でナムを迎えた。ナムは笑って冗談を言った。

「俺のおかげで笑えるんだぜ。金を払え」

「先輩がいちばんたくさん稼いでるくせに」

「おい、この野郎。お前、誰のおかげで給料もらってるんだ。もし俺が死んでたら、お前はカメラの前で小便ちびってたはずだぞ」

「へへへ。ほんとにそうだ。先輩、長生きしてくれよ」

スマイルマンは三人体制で運営されていた。スマイルマン、補欠一号、補欠二号。二人はスマイルマンが死ねば次のスマイルマンとして笑わなければならない。補欠の月給は五百万ウォンだが、それはキム・ナムの言うように、前のスマイルマンが生きているからこそ、何もせずにもらえているのだ。

二人の話に、ムジョンも加わった。

「俺は関係ないな。ナムが死んだら、その次はチヨルがやるんだから。はは」

「わあ、お前こそほんとの悪魔だ！」

冗談を言っていたナムが、今度は真剣に言った。

「スマイルマンが笑わないと、その月が始まらない。我々はプライドを持ってもいいんだ」

二人はうなずいた。ナムが、悲壮な顔で続けた。

「先任のスマイルマンたちと違って俺がこんなに長生きしていることからすれば、このシステムはかなり安定していると見ていい。前のスマイルマンたちは、初期のシステムが不安定だったために死んだというが……。もうそんなことは起きないだろう。すべての情報はちゃんと入ってきているし、三カ月持ちこたえたんだからな。俺はおそらく、死なない。そうだよ、絶対に死なないぞ！」

ナムは自分に言い聞かせるように目を輝かせ、二人も真剣な顔でうなずいた。ナムが死ねば、二人とも大きな影響を受けるのだ。

「ウエ～ン」

「ねえ、まだなの？」

「ちぇっ、まだあんまり死んでないみたいだ」

＊

午前十一時。スマイルマン、キム・ナムは、もう三時間も笑わないままじっとしていた。

全国の視聴者は、そんなスマイルマンを見て顔をしかめた。

＊

スタジオ。もう三時間も緊張し続けているナムは、頭が変になりそうだった。横にいるスタッフに、そっと尋ねた。

「今、何人ですか？」

「まだ九十八人です」

悪魔の呪《のろ》いが始まった最初の月には、一分も経たないうちに百人の死者が出た。次の月には十分ぐらいかかった。その次の月には一時間以上かかった。さらにそれが二時間になり、今では三時間たっても死者は百人に達しなかった。

全国の人たちが必死で笑いをこらえるようになったからだ。

実に悪魔的な呪いだった。全国の人たちが、他の誰かがうっかり笑ってさっさと死んでくれることを願っていること自体、あまりにも悪魔的だ。

キム・ナムと同じく、三時間も緊張し続けて日常生活を送れないでいる人たちもつらかった。

ナムが深刻な顔で汗を拭《ふ》くと、スタッフが合図をした。

「百人になりました！」

ナムはうなずいて深呼吸をした。カメラを真正面から見て口を開き、

「は……」

笑いかけたナムが、妙な顔をした。悪い予感がしたのだろうか。振り向いてスタ

ッフにもう一度確認した。

「百人になったのは確かですね？」

「ええ。全国で百人の死者が出たという報告がありました」

ナムは再びうなずいた。正面を見て笑おうとした瞬間、モニターを見ていたスタッフがあわてた。

「え？　百一人？」

「何だと」

思わず振り向いた。モニターを注視していたスタッフが目の色を変えた。

「百二人目の死者が出たという報告が……」

「……」

ナムは冷や汗が出て、目がくらくらした。もしさっき笑っていたら、そのまま死んでいただろう。ナムは大きな声を出した。

「どこのどいつが、嘘の報告をしたんだ！」

「変ですね。正確な情報が入るはずなのに」

スタッフは落ち着きを失い、ナムは顔をしかめた。さらに十分が経過し、ナムが聞いた。

「百二人目から後は、増えてませんね？」

「はい！」

ナムは再び緊張してカメラを凝視した。口がなかなか開かないけれど、スタジオにいる全員が、彼が笑うのを待っている。

笑わなければ。それがスマイルマンの使命だ。

もう一度深呼吸をして、決心を固めた。そして、

「は……は……ははははは！」

力強く笑い、じっと目を閉じた。

三秒後、目を開けて長いため息をついた。

「ふう、国民の皆様！　もう笑っても大丈夫です！」

すぐに、いつものように拍手と歓声がスタジオに響きわたり、皆がナムを激励した。

しかしカメラの前から退いたナムの表情は暗かった。待機していたチヨルとムジヨンも、深刻な顔でナムを迎えた。

「ナム先輩！」

「いったい、誰が偽《にせ》の情報を流すんだろう。ナム、死なないでよかったな。ほんとによかった！」

「……」

二人が大騒ぎしても、ナムの硬い表情は崩れなかった。

*

「……」

カメラの前に座っているナムの顔がこわばっていた。

周りのスタッフは、どうしていいのかわからず、うろたえている。ナムがもう一度尋ねた。

「何人ですって？」

スタッフが、おずおずと答えた。

「百十三人です……」

「……」

ナムは、あきれるというより、深刻な顔になった。

すでに午後一時を過ぎ、呪いが始まってから五時間以上経っていた。その間に笑って死んだと報告された人の数は百十三人にのぼった。

とうとう怒りを爆発させたナムは、カメラの前から退いてスタッフの所に走った。

「どうして百十三人になるんです。ほんとうに正確な情報を集めてるんですか」

「それがその……どの報告も、写真まで添えられていたので……」

スタッフは、提供された情報の文章と写真をモニターに映して見せた。控えていたチヨルとムジョンもやって来た。三人は目に怒りの炎を灯《とも》して、情報を一つずつ確認した。

スタッフは写真を見せながら説明した。

「警察や消防、病院から入ってきた公式の情報と、市民から寄せられた情報のうち、写真付きのが百十三件あります」

写真の中の死者たちは、にっこり笑った顔で死んでいた。写真を見ていたムジョンが言った。

「この人たちはほんとうに死んだんだろうか。死んだふりをして写真を撮って送ってきたんじゃないか？」

「！」

「！」

ショックのあまり、三人は鳥肌を立てた。ムジョンが歯ぎしりして言った。

「わかったぞ。みんな、スマイルマンの命なんかどうでもいいと思ってるんだ。さっさとこの状況が終わってほしいだけだ。三時間も四時間も緊張しているのがいやだから、この状況がいつ終わるのかを、スマイルマンの命で確認したいだけなんだよ！」

「……」

ナムは顔をこわばらせ、チヨルは恐怖に震えた。

「そ、それじゃ、どうすればいいんですか。ナム先輩、どうしよう？」

「……」

そんな話をしていると、また新しい情報が映し出され、ムジョンはモニターに向かって悪態をついた。硬い顔でモニターを見つめていたナムは、椅子に戻った。

「せ、先輩」

「ナム」

カメラの前に座ったナムがつぶやいた。

「スマイルマンが笑わなければ、月が始まらない」

「……」

「スマイルマンが笑わなければ、月が始まらない。スマイルマンが笑わなければ、月が始まらない。スマイルマンが笑わなければ……」

カメラを凝視して深呼吸する。何度もつばを呑み込む。

しばらく目を閉じて呼吸を整えたナムが目を

開けた。痙攣する口角を、ゆっくりと上げる。

「は……は……はははははは！」

力強く笑い、目を閉じてうなだれた。

三秒後、目を開けてさっと顔を上げた。

ナムは気味悪いほど明るい笑みを浮かべ、すぐに白目をむいた。

「う……う……うわっ！」

「ナ、ナム先輩！」

「ナム！」

急いで駆け寄った人たちに囲まれて、ナムの呼吸は少しずつ弱くなっていった。

明るい笑顔を浮かべたまま。

「ナム先輩！」

チヨルは涙を流し、ムジョンはわめき散らした。スタッフがナムの遺体を運び出した。皆が涙にくれていた時、いつスタジオに入ってきたのか、黒いスーツを着た男たちが近づいてきて言った。

「次のスマイルマンは準備をしてください」

「！」

チヨルは目をむいてぶるぶる震えた。ムジョンは罵詈雑言《ばりぞうごん》を浴びせた。

「おい、これが目に入らないのか。今、この状況で、何てことを言うんだ、この馬鹿ども！」

彼らはまったく気にせず、表情を変えないまま言った。

「次のスマイルマンは準備をしてください」

「何だと！」

「あなたたちは、何のために月給をもらってここに来ているのです。スマイルマンは笑わなければなりません。それが仕事なんだから」

強圧的な言葉に、ムジョンの顔がゆがんだ。男が手ぶりで示すと、チヨルはカメラの前に連れ出された。

「ああ……うう！」

「チヨル！　おい、この野郎！　なんてことするんだ。こんなことをしてもいいのか！」

ムジョンは暴れたけれど、男たちに取り押さえられた。その間に、チヨルはカメラの前の椅子《いす》に座らされた。

チヨルは全身を震わせて涙を流している。カメラのアングルの外で、黒服の男がせかした。

「笑ってください。それがスマイルマンの仕事でしょう」

チヨルは不安な顔を男に向け、さらにムジョンに向け、最後にナムの遺体のある方に向けた。男は無表情で命じた。

「スマイル！」

チヨルは震えながらカメラを見ている。荒い息をして、やっとのことで小さな声を絞り出した。

「は……」

硬直した表情だ。男が言った。

「明るく笑ってください」

歯を食いしばったチヨルは、どなるように大声で笑った。

「ははは、はは！」

ひとしきり笑い、息を止めて固まってしまった。三秒後、

「はあ」

こらえていた息を吐き出すと、身体がへなへなになった。チヨルはしばらくぼんやりした後、カメラに向かって言った。

「国民の皆様……もう笑っても大丈夫です……」

力なく画面の外に出る時、チヨルはムジョンと目が合った。二人はナムの遺体の前に行き、言葉を失ったまま立ち尽くしていた。

＊

「俺の月給は二千万ウォンになったよ。はは」

おもしろくもないのに、チヨルは笑いながら言った。

ムジョンは険しい表情で片隅に目をやった。

「補欠スマイルマンが……百人だと？」

そこには百人もの人が集まっていて、皆が不安な顔をしていた。ムジョンが皮肉を言った。

「スマイルマンというより、ただのいけにえだ。これからはスマイルマンで百人にしようってことだな」

ムジョンは厳しい表情でチヨルに言った。

「絶対に笑うな！　一般から寄せられる情報なんか信じちゃいけない。警察が百人の死者を確認するまでは絶対に笑うんじゃないぞ。わかったな」

「……」

はっきりとした返事ができないチヨルは、見るに忍びないほど無残な顔をしていた。

*

「ウエ〜ン」

「ねえ、まだ？」

「ちくしょう！　あいつ、まだ笑わない。おい、ちょっと笑えよ」

テレビの中のスマイルマン、コン・チヨルを見ながら、夫婦はいらだっていた。

「いったい何時間あのままでいるつもりだ。笑うために存在している奴が。月給もたくさんもらってるくせに。笑うなり、くたばるなり、さっさとどうにかしろってんだ！」

＊

チヨルは椅子に座ってカメラを見ている。黒服の男たちが、カメラに映らない所で彼を脅していた。

チヨルは力なくスタッフに尋ねた。

「何人ですって？」

「それが……二百五十人なんで……」

スタッフが申し訳なさそうに答えた。

公式に提供される情報ではなく、一般の人々から寄せられる写真の中で、二百人以上の人が笑顔で死んでいた。あるいは、死んだふりをしていた。

チヨルは椅子に腰かけてぶつぶつ言い始めた。

「それで……つまり……合計二百五十人死んだって？　もともと百人死ぬんだから、少なくとも百五十人は偽者ってことじゃないか。僕に死ねと言うのか。わあ、これはほんとに変だ。つまり、スマイルマンを殺して自分たちが生き延びたいってことだな。笑わせるよ。ほんとにおかしな話だ。スマイルマンを殺すために、わざわざ死んだふりをして写真を撮るなんて。みんな、ほんとにおかしいよ。わが国におかしな人がこんなにたくさんいるのか。こんなにみんなが笑わせてくれるから、とてもじゃないけど笑わずにはいられないよ。うは。はは。はははははははははははははははははははははは」

チヨルは正気を失ったように笑い転げ、笑顔のまま白目をむいた。

「う……うわ……わ……」

チヨルの呼吸が止まり、スタジオは沈黙に包まれた。黒服の男たちはすぐにチヨルの遺体を運び出した。そして淡々と言った。

「次のスマイルマン！」

「チェ・ムジョンが消えた！」

「何だと」

男は顔をしかめた。

「スマイルマンとして金と名声を得ておきながら、自分の番になると逃げるのか。そうはさせないぞ。すぐに指名手配しろ！　何がなんでも捜し出すんだ！　それから……」

男は百人以上集まった男たちに顔を向けた。

「次のスマイルマン！」

＊

翌月一日の朝、チェ・ムジョンはカメラの前の椅子に座っていた。周囲では黒服の男たちが厳戒態勢を敷いていた。男の中の一人は時計を確認すると、笑顔でムジョンに言った。

「あと十分だ。逃亡したスマイルマンよ。はは。自分の足で戻ってくるとは思わなかったぞ」

しかしムジョンは感情を表さず、ただうなずいて言った。

んだ。

「あと十分だな」

男はムジョンが反応を見せないのが気に入らないらしく、顔をしかめて口をつぐんだ。

＊

午前八時近くになると、全国の人々はテレビの前に集まり、チェ・ムジョンを見つめながら、あれこれと騒ぎ立てた。

「今度はもうちょっと早く百人死んでくれたらいいんだけどな」

「補欠のスマイルマンがたくさんいたじゃない。あのスマイルマンたちも含めて、さっさと百人にしたらいけないのかな」

人々は、笑ってはならないという緊張といら立ちの中で、テレビの中のスマイルマンだけを見つめていた。

とうとう八時になり、全国の人々はそれぞれの方法で笑いをこらえながらテレビを見た。

その時、テレビの中のムジョンが両手を頭の高さに持ち上げ、その姿勢でカメラを凝視した。

「？」

テレビを見ていた人たちが不思議そうな顔をした時、ムジョンは手を打って大きな音を立てた。すると、画面が転換し、突然、画面にコメディーの映像が流れた。

「な、何だ？」

「ええっ？」

＊

スタジオが大混乱に陥った。黒服の男たちが叫んだ。

「何だ？　どういうことだ？」

「放送が！　コメディーの映像が全国に放送されています！」

男は急いでムジョンの方に振り向き、駆け寄って胸ぐらをつかんだ。

「お、お前、この野郎、何をした？」

しかし男はぎくりとして後ろに退いた。

「ははははは！」

「？」

ムジョンは大声で笑った。男は驚いてムジョンを見た。

三秒過ぎても、ムジョンは何ともなかった。

混乱している男に向かって、ムジョンが言った。

「スマイルマンが笑わなければ月が始まらない。スマイルマンの任務完了！」

*

刑務所に入ったムジョンが言った。

「誰であろうが、どのみち百人死ぬことには違いない。百人死ぬのを一日中待って戦々恐々としているよりは、いっそのこと一分間で脱落者を出して日常に戻るのが理にかなっているんじゃないか？　誰であろうが、百人死なないといけないのなら……。それはどうしたって競争だ！　いつの時代にも人間がそうしてきたように」

意外なことに、ムジョンの言葉は人々に受け入れられた。国民が一刻も早く日常生活を取り戻すほうが、国家の利益にもなった。

だから政府は毎月一日の朝八時から、すべてのテレビをコメディー番組に編成した。テレビだけでなく、ラジオも笑い話を放送した。

インターネットや携帯電話でも滑稽《こっけい》な資料が拡散され、道化師が街を歩き回った。

死者数を伝えるニュース番組も、一日中、嘘のニュースを流した。

「ニュース特報です。国民の皆様、もう笑っても大丈夫です。死者が百人を超えました」

「国民の皆様、今度はほんとうです。笑っても構いません。さっきのは誤報でした」

「国民の皆様、ほんとうに、ほんとうです。笑ってください。私もこうして笑っているではありませんか。ははは！」

「国民の皆様、ほんとうに、ほんとうにほんとうです。これは録画ではなく、生放送です。うはははは！　笑ってください」

「国民の皆様！　今度はほんとう……」

すべての報道が、スマイルマンで溢《あふ》れた。偽のスマイルマンで。

アリ人間、キリギリス人間

カフェＤＭ。

二十代の大学院生キム・ナムは腕を組み、緊張した表情で座っていた。八十は過ぎていそうなおばあさんが、申し訳なさそうな顔でナムを見ながら小さな声で言った。

「ナムオッパ（*）、ごめん」

「……」

口を固く閉ざしたナムの顔が、怒りに満ちていた。今、向かいに座っている恋人のホン・ヘファが契約してしまったことに対する怒りだ。

「オッパも……契約したら？　……ねえ、一緒に契約しようよ……」

黙って彼女を見ていたナムが口を開いた。

「どうして……理解できないな、まったく……」

そう言うと、すぐに席を立って出ていってしまった。ヘファは追いかけようとしたけれど、老いた身体では走れなかった。

＊

一カ月前のことだ。

悪魔が現れた。

「皆様に契約商品を一つ紹介いたします」

全世界のすべての人たちが、目ではなく脳で悪魔の姿を見た。人々の頭の中で、悪魔は話し始めた。

「まず、強制的に皆様と真実の契約を締結します。この契約は、皆様と私が、何があっても真実だけを語り、互いを信じる契約です。私ども悪魔にとっては、何をするにしても、最も基本になる契約です」

悪魔が指を弾《はじ》くと、全人類の脳内が軽く光った。続いて悪魔は本論に入った。

「私が皆様に紹介する契約商品は、〈永遠の三十歳〉です。皆様の寿命が尽きて死ぬまで、永遠に三十歳の姿で生きられるようにしてさしあげる商品です。条件は、十年の間、老人でいること、つまり八十代の老人の姿で十年間過ごすこと。それが契約金になります。十年間、八十代の老人の姿で過ごせば、その後は死ぬまで三十歳の姿で生きていくことができるのです」

人々は脳を高速回転させた。十年間老人として生きる代わりに残りの人生を永遠の三十歳で生きるのは、得なのか損なのか。

答えはすぐに出た。もちろん、得だ。悪魔はさらに、もっと甘い言葉をささやいた。

「皆様がご心配になられているような、汚い契約ではございません。三十になったら命を失うとか、他の副作用があるとか、そんなことは絶対に起こりません。皆様はもともと与えられた寿命のまま、長い歳月を三十歳の若い身体で生きてゆくことができるのです」

みんなは、次第に興味を引かれてきた。

「これから百日間だけ申し込みを受け付けます。すなわち限定商品ですので、関心をお持ちの方は、早めに契約なさるのがよろしいかと存じます。心の中で私を呼んでいただければ、いつでも商談が可能です」

世界じゅうのたくさんの人が、心の中で悪魔を呼んだ。その場で契約した人もいた。各種のマスコミは悪魔と契約して老人になった人の姿をニュースで放映した。

彼らの姿を見て、ナムは首を横に振った。

「理解できない。すでに老人だった人はともかく、若い奴らが、どうしてあんな契約をするんだろう。青春が惜しくはないのか。十代もいるんだって？」

ヘファが言い返した。

「でも、四十、五十、六十になっても永遠に三十歳の身体で生きられるなんて、魅力的じゃない？　あたし、自分が年を取って老けることを考えたら、ぞっとする」

ナムは顔をしかめてヘファを見ると、自分の考えを明言した。

「未来のために現在を犠牲《ぎせい》にするなんて馬鹿な話だ。お前と俺が十年間、八十歳の老人として過ごすことを想像してみろよ。その十年は、どんなにつらいだろう。今は、今しかできないことがあるんだ。人生から二十代が永遠に消えてしまうじゃないか」

「そうかな」

「だから絶対、あんな契約なんかするなよ。ああ、馬鹿な奴ら」

ナムは、悪魔と契約する馬鹿などそれほど多くはないだろうと思ったが、現実は違った。

時間が経つにつれ、ナムは自分の考えが世間一般の人々と大きく異なっていることに気づいた。

「悪魔と契約を結ぶ人の数が、爆発的に増加しています。統計では、六十代以上は百パーセントに近い成約率を見せており、四十代から五十代の中年層も、非常に高い成約率を見せています。そのうえ、十代、二十代の若者の間でも契約する人がだんだん増える傾向にあり、街は老人だらけになっています……」

ニュースのとおりだった。街は八十代の老人で溢れていた。ナムは、年配の人たちについては、ある程度理解できた。もし自分がそれぐらいの年齢だったら、契約することを真剣に検討しただろう。

理解に苦しむのは、十代、二十代の若者だ。

「どうかしてるよ。今の若さが惜しくはないのか。未来のために現在を犠牲するなんて、あり得ない！」

ナムはもどかしかった。できることなら、弁当持参で彼らを追い回してでも契約しないよう説得したかった。彼はヘファの前で熱弁をふるった。

「十五歳で契約して十年後に三十歳になるとしよう。そしたら、十五から三十までの青春はどこに行ってしまうんだ。誰も補償してくれないんだぞ。人生から二十代が永遠に消えるってことじゃないか」

しかし、ナムの顔を見つめるヘファの表情は、ちょっと違っていた。

「オッパ、あたしは理解できるな」

「何だって？」

「人間はいつだって未来を考えながら生きている。学生時代には未来のために勉強し、お金を稼いだら未来のために貯金するじゃない。将来、自分のやりたいことをするために、いやな仕事を何年も続けることもあるでしょ」

「それとこれとは話が違うよ。犠牲にするものの重みが違うじゃないか」

ナムは、ヘファの言葉に、ただならぬ気配を感じた。

「お前、ひょっとして契約するつもりじゃないだろうな？」

「……」

「だめだ！　絶対にだめだ！　契約なんかするな！　いいか、絶対にしちゃいけないぞ！　俺が許さない！」

興奮するナムに、ヘファが言いにくそうに言った。

「うちの親はもう契約したし、お姉ちゃんもした。契約した友達も、これから契約しようとしている友達もいる。みんなやってるのに、あたしだけ取り残されるわけにはいかないわ。受付期間も残り少ないのに……」

「人がやっているから自分もやるなんて、いよいよ変じゃないか。絶対するな。そんなの、よくないってば」

ヘファは何も答えず、ただ苦笑した。ナムは必死で説得を試みた。

「怖くないのか。十年だぞ。十年間、八十代の老人として生きなければならないんだ。自然に少しずつ年を取るんじゃない。一気に老けてしまったら、俺たちは十年も経たないうちに頭がどうかしてしまうぞ」

「……」

黙っていたヘファが、視線をそらして話し始めた。

「アリとキリギリスの話、覚えてる？　準備をしておかなければ、冬が来た時に凍《こご》え死ぬしかないのよ。十年後、周りの人たちがみんな三十歳なのに、あたしたちだけ年を取り続けるなんて。友達は若い身体でばりばり働いたり、遊んだり、旅行したりするのに、あたしたちだけ老いていくなんて耐えられない。オッパは他の人たちに取り残されるのが怖くないの？」

「自然なんだよ、それが。それに、ずっと先の話だ。ヘファ、約束してくれ。絶対に契約しないって。なあ。約束してくれよ！」

「……」

ナムは一生懸命頼んだけれど、ヘファは最後まで返事をしなかった。

＊

酔っぱらったナムは千鳥足《ちどりあし》で繁華街を歩いた。以前にはこのあたりであまり見かけなかった八十代の老人たちが通り過ぎてゆく。

　彼らの姿を見て、ナムはヘファのことを考えた。

「オッパ……オッパがどうしても契約しないと言うなら……もう別れましょう。二十代の男と八十代の女がつきあうなんて無理でしょ」

「俺は大丈夫だ。……そうなったって、お前はホン・ヘファなんだから……俺は構わない」

「いえ……あたしは平気ではいられない。この身体で十年間オッパに向かい合う自信がないの。それ以後も……。これで終わりにしましょう」

　老人たちを眺めるナムの、とろんとした目に怒りの火が灯った。

「こんちくしょう……アリとキリギリスだなんて……。ありもしない未来のために現在を犠牲にする馬鹿……間抜けな奴らめ！　アリやキリギリスの寿命は一年もない。次の春など来ないんだ。それなのに、最も美しい春を犠牲にするのか。冬のために？」

　ナムは老人たちに敵意を示した。

「俺が証明してやる。未来のために現在を犠牲にするのが、愚かなことだと。後悔すべきことだと。馬鹿みたいなことだと」

ナムの胸に火がついた。

＊

「人類の皆様。あと十日です。十日後には契約ができなくなりますよ」

期限が近づくにつれ、契約する人が急増した。他の人たちがみんな契約しているのに、自分だけ取り残されているという不安に襲われたのだ。

十代、二十代はもちろん、小学生まで。ひいては、何もわからない五、六歳の子供までが、親に言われて契約を結んだ。

もちろん、ナムのように絶対に契約しないという人もいた。しかし彼らの中からも、周囲の人から説得されたり、社会の雰囲気に流されたりして契約する人が出てきた。

「ほとんどの人が十年間老人として過ごす社会で、まともに労働できる人がいるとすれば、それは契約しなかった人たちだ。契約しなかった若者たちは結局、十年間老人たちの世話をして、その後は年を取って窓ぎわに押しやられる」

想像しただけで恐ろしい話だ。そんな話を聞いた若者たちは、契約するよういっそう駆り立てられた。

悪魔が定めた期限が終了した時、八十代の老人が、人口の大部分を占めた。

人々はようやく騒ぎ始めた。

「これほど老人が暮らしにくい世の中だったとは！」

人々は老人に気を配り始めた。老人のための福祉、公共施設、都市計画。階段や敷居が低くなり、信号機が青になっている時間が延びた。緊急医療体制も整えられ、街の至る所に休憩場所が設けられた。

外見だけ老人になった人々は、身体的な衰えを精神力で乗り切った。以前より疲れたけれど、学生たちはそのまま学校に通い、サラリーマンはそのまま会社に通った。

実際、こうして日常生活が維持できるのは、皆が予想していたほど身体の状態が悪くなかったのが主な理由だ。一瞬にして老人になった人は、長い歳月の間にいろんな事件や事故を経験しながら年を取った人よりも、ずっと健康だった。

ナムは、そのすべてに腹が立った。悪意を抱いたと言ってもいい。彼らがうまく適応しているようすを見ると、はらわたが煮えくり返った。

そうなってもナムの意見は変わらなかった。むしろ、いっそう確固としたものになった。

「将来幸福になるために、今、不幸になるって？　笑わせるよ。そんなことをしてはいけない」

ナムは生命工学の研究に没頭した。目標は、ただ一つ。

「悪魔との契約なんかじゃなく、人間の力で若さを保つ方法を見つけてやる！　十年間青春を犠牲にしなくてもいい方法を。あんたたちがどれほど愚かな選択をしたのか、俺の手で証明してやるぞ！」

憎悪のようなその目標が、ナムの研究の原動力となった。毎日毎日、すべての時間を研究室で過ごした。簡単なことではない。ほとんど不可能に見えた。

ついにナムは挫折《ざせつ》し、研究をやめてしまった。しかしその時、一人の老人が訪ねてきた。

「君の研究のことを、うわさに聞いたよ」

ナムのぼんやりした表情を、老人のひとことが変えてしまった。

「資金はいくらでも提供しよう。研究を続けなさい」

　驚いているナムに、老人が言った。

「私はこれまで誰も信用しなかった。だから大金をもうけることができた。私は悪魔の言葉も信じなかった。真実だろうと思いながらも、信じないのが長い間の習慣になっていたために、わざと否定したのだ」

「……」

「だから私は契約をしなかった。不安になったよ。私のライバルたち、私の知っているすべての人々……。彼らが若返ったら、どうしようかと。不安だった。彼らが悪魔にだまされているのなら、いいのだが……。おそらく、そうではないだろう。悪魔の言葉は真実だ」

「……」

「だから私には君の研究が必要なのだ。彼らと同じように若さを取り戻したいからだけではない。自分の選択が、絶対に間違っていなかったと思いたい。彼らの受ける補償がねたましいのだ。彼らが支払ってきた十年間の犠牲が無駄であったといって、嘲笑《ちょうしょう》したいのだよ」

老人の言葉は、ナムの心を揺り動かした。老人はさらに決定打を飛ばした。

「永遠の三十歳？　それなら我々は、永遠の二十歳を目指そうではないか。いくら必要だ？　好きなだけ出そう」

ナムの心に、再び熱い炎が燃え上がった。

＊

みんなが待ちに待っていた日が訪れた。

「ようやく三十歳に戻れる！」

「十年間の苦労も、これで終わりだ。これからは永遠に三十歳のまま過ごせるぞ」

人々は、悪魔が出てきて魔法をかけてくれるのを待っていた。十年間さまざまな苦労に耐えながら、この日を待ち続けたのだ。

そしてナムも、彼らと同じようにこの日を待っていた。

悪魔の出現を待っている人たちに、キム・ナム博士が記者会見を開くという予告があった。全世界に放送される緊急会見だ。

全人類は、突然のニュースに驚きながらテレビを見た。ナムは、待ってましたとばかりに口を開いた。

「皆様。十年前を覚えていますか？　突然悪魔が現れて人類に興味深い提案をしましたね」

ナムは次の言葉を言う前に、喜びがこみ上げて笑顔になった。

「私も皆様に一つ提案をいたします。悪魔が提案していたのと、まったく同じ提案です。それはまさに、永遠の若さです」

「え？　何を言ってるんだ」

「どういうことだろう」

テレビを見ていた人たちは、訳がわからなかった。

ナムは笑いをこらえるような表情で、錠剤を一つ取り出した。

「臨床試験は済みました。これ一錠で、人間は永遠の若さを得ることができます。十年前に悪魔が言ったよりも、もっと若くなれるのです！」

「え？」

「ほんと？」

「まさか、まさか！」

多くの人が混乱に陥った時、ナムは早口で熱弁をふるった。

「では、どういう条件を出しましょうかね。悪魔のように、十年間の犠牲を要求しましょうか？　いいえ！　この薬は、お金さえ出せば誰でも買えます。十年間老人として過ごす必要もなければ、二十代を失う必要もありません。今すぐこの錠剤を呑むだけで、永遠の若さを得られるのです！」

ナムの主張を聞いた人たちは、複雑な心境になった。それが事実なら、彼らがこれまで苦労してきた十年は、何なのだ。

人々はナムの言葉を否定しようとした。

ナムは真剣な顔で言った。十年前に言いたかったことを言った。

「皆さん……。未来のために現在を犠牲にするのは、ほんとうに無駄なことです。未来の幸福のために現在を不幸にする人間は、実に不幸です。人間は常に、今、幸福であるべきです。遠い将来ではなく、自分が生きている今が幸福でなくてはなりません。それが人間の生き方なのです。後悔のない人生です」

「……」

　人々はナムの言葉を最後まで信じなかった。絶対に否定しなければならなかった。テレビを見ていた人たちは、腹を立てた。

「馬鹿な！　そんなの嘘だ！　あんな薬なんか、誰が信じるものか」

「人間の科学で永遠の若さを得られるって？　信じられない。絶対副作用があるはずだ」

「もし、あの話がほんとうだったとしても、薬はものすごい値段だろうさ。どうせ大金持ちしか買えないんだろ」

　人々、いや老人たちは、ナムが発明した薬を徹底的に否定した。悪口を言い、見下し、敬遠した。

　しかし、悪魔がとうとう現れて、

「十年間、どうもお疲れさまでした。それでは契約を履行いたします」

と言った時、人々は言葉を失った。

　悪魔は人々に、錠剤を一つずつ配った。テレビでキム・ナムが見せたのとまったく同じ薬だ。

「私が彼に資金を提供して、やっと完成しました。臨床試験も終わっています。副

作用はまったくありません。さあ、どうぞ呑んでください！」

「……」

人々は、何とも言いようのない気持ちになった。この十年間、無駄なことをしていた。虚《むな》しい。

同じく虚脱状態に陥ったナムが、つぶやいた。

「この未来のために、俺の青春を犠牲にしてきたのに……。人間の未来なんて、ほんとにわからない」

＊オッパ：兄さん

タトゥー

「子供たちを飢餓《きが》から救うために、子供たちをタトゥーにして入れてさしあげます」

自ら魔法使いと名乗る少年が言った。

人々は、少年が魔法使いであることを認めた。そうでなければ、ホログラムみたいに全人類の目の前に現れたりできないだろう。

しかし、子供たちをタトゥーにするとは、どういうことか？

実に驚くべき話だった。生きている子供たちを魔法で親指ほどの絵に変え、他の人の皮膚にタトゥーとして入れるというのだ。

人々は反発した。

「生きている子供を、どうやってタトゥーにできるんだ。サイコパスの殺人鬼め！」

少年は首を横に振って言った。

「子供たちは死ぬのではありません。肉体がなくなるだけで、普通の人間と同じように生きていきます。タトゥーを入れた人がおいしい物を食べれば、子供も同じようにおなかがいっぱいになります。感情も共有します。その人が幸福だと感じたら子供も幸福になり、その人が悲しめば子供も悲しくなります。人間と同じように生きていけるのです」

「そうはいっても、肉体を失い、タトゥーとして他人に寄生するなんて。そんなの、生きてると言えないだろ」

すると、少年が問い返した。

「では、そのまま放置して餓死させるのですか。僕がタトゥーにするのは餓死寸前の子供だけです。僕が彼らをタトゥーにしなければ、みんな死んでいたはずだ。あの子たちが飢え死にしようとしていた時、あなたたちは何をしていたのです」

「そりゃ、まあ……」

「餓死寸前の子供たちをタトゥーにしてでも助けるのが、そんなにいけないことでしょうか。飢え死にする子供たちを見たくないなら、子供たちがおなかをすかせないで済む世界をつくればよかったんです」

「……」

人々は返す言葉がなかった。

「それに、皆さんが子供たちの面倒を見てくだされば、独立できる年齢になった時に子供たちを取り出して、元の人間に戻すんですよ」

「うーむ……」

人々は、それ以上異議を唱えることができなかった。一部の人たちは相変わらず不満を表していたけれど、ほとんどの人が少年の行動を救援活動として認めた。

少年は最後にこう言った。

「タトゥーになった子供たちは空腹に苦しんでいて、早く移さないと死んでしまいます。かわいそうな子供たちをタトゥーにしてくださる方は、一刻も早く僕の所に来てください」

少年は全世界の主要都市に大きなテントを設置した。そのテントの中に入れば、少年の住むテントに行くことができた。

少年の言葉に同意した何人かの人たちが、タトゥーを入れるためにテントを訪ねた。

少年は大きなテントの中央にテーブルを置いて座っていた。そこに入った人は、仰天《ぎょうてん》した。

少年のすぐ横に置かれた大きな檻《おり》の中で、とてつもなく大きな象が大きな口を開けてワラをもぐもぐ食べていたからだ。

象は、普通の象の五倍はありそうに見えた。そしてその巨大な象の皮膚に、ぎっしりと子供のタトゥーが入っていた。

「子供たちを一時的に象にくっつけてあります。ワラは人間が食べておいしい物ではないので、心配です」

そう説明した少年は、訪れた人々を一列に並ばせた。

希望者が身体のどこにタトゥーを入れたいかを示せば、少年が魔法の杖《つえ》を使って子供のタトゥーを象からその人に移した。

「おお！」

「あ、ほんとに生きてる！」

タトゥーを入れた人たちは、親指ほどの大きさの子供を不思議そうに見た。子供たちは、少年が言ったとおり、ほんとうに生きているみたいに顔の表情が変化した。

ある人がポケットに入っていたチョコレートを口に入れると、

「あれ？」

皮膚についた子供は生まれて初めておいしい物を食べてびっくりしたらしく、目を丸くして喜んでいるのが見えた。

「なるほど、こんなふうに子供たちを助けるんだね」

彼はすぐにおいしい物を食べようと、急いでテントの外に出た。子供のタトゥーを入れた人たちは、少年の行動を広く世間に知らせた。

「これはほんとうに飢えている子供を救う魔法です。私がご飯を食べる時、この子がどれほど幸せになるか、皆さんはご存じないでしょう」

「あの魔法使いの少年は間違いなく、飢餓に苦しむ第三世界の子供たちを救う英雄です」

テレビに出ている有名人も、一人二人と少年を訪ねて子供のタトゥーを入れた。

彼らの言葉は、いっそう影響力があった。

「難しいことは何もありません。タトゥーを一つ入れるだけで、他の努力はまったく必要ないんです。その小さな行動が、飢えた子供を一人、救済することになります。皆さん、一緒にやりましょう」

有名人たちが奨励すると、子供のタトゥーが、まるで流行のように広まった。そう、それは流行だった。

SNSにも、いろんな人が経験談を書き込んだ。

「飢えている子供たちのためにタトゥーを入れてきた。私の皮膚にも、子供が安心して暮らせる場所があったのだ」

「私が今、チキンを食べているのは、すべてこの子のためなんです。エヘヘ」

「子供たちも連れていって、それぞれ一つずつ入れてきました。うちの息子は、タトゥーが消えてしまうんじゃないかと心配でシャワーが浴びられないって。ふふふ」

「僕の小さな行動が……」

魔法使いの少年のテントは順番を待つ人でいっぱいになった。少年に注文をつける人もいた。

「目立つように、手の甲に入れてください」

「こっちの手首に、腕時計みたいにして」

「うなじと肩の間に、斜めに……」

それはまるでファッションだった。

魔法使いの少年は黙って彼らの要求を受け入れた。とにかく子供たちが生きていけるなら、それでいい。

「一度に数人入れることもできますか」

「できます」

「それなら、右の肩から手首まで、一列に並べてください」

「わかりました」

複数の子供をタトゥーにすることも可能だとわかると、一度に数人の子供をタトゥーにする人も出てきた。

やがて、決定的な事実が明らかになった。ダイエットをしていた人が質問した。

「子供たちのタトゥーを入れてから、痩《や》せやすくなった気がするんだけど。気のせいかな?」

その質問に、魔法使いの少年が答えた。

「子供は、皆さんが食べた物の一部を食べます。だから、たくさんタトゥーを入れた方は、その分食べる量を増やさなければ普段のカロリー摂取量が維持できません」

みんなの耳には、こんなふうに聞こえた。

「子供のタトゥーを入れたら、ダイエットに役立ちます」

少年のテントに行く人が、さらに増えた。最初から十人以上の子供をタトゥーにする人たちもいた。彼らの証言は、人々の心を揺り動かした。

「毎日、チキン一羽丸ごと食べても、ちっとも太らない」

「食べたい物を好きなだけ食べてるのにプロポーションが維持できる」

「やったあ! 一週間で十キロ痩せたよ」

少年のテントに向かう人の数が劇的に増加した。タトゥーにする子供の数も、最大で十五人まで増えた。効果は絶大だった。

いつもより二倍、三倍食べても、胃腸は何ともなかった。みんなが食べる楽しみを満喫した。

人々は幸福だった。何の心配もなく食べたい物を好きなだけ食べることで、飢餓に苦しむ子供たちを何人も助けられるのだ。

時間が経つにつれ、大都市の食料消費量が増加した。おいしい物が、どんどん大都市に運ばれた。

首をかしげる人たちもいた。

「これはほんとうに救援活動なのだろうか。世界中に存在する食料を私たちがよけいに食べることで、飢えた子供たちを救うって？　その食料を、そのまま飢えている子供たちにあげればいいいんじゃないのか」

もっともな指摘だ。しかし、彼らの声はかき消された。多くの人が主張した。

「私たちがたくさん食べれば食べるほど、おなかをすかせた第三世界の子供たちを救うことができるのです。私たちが満腹してこそ、その子たちも生きられるのです！」

変な話だ。どう考えても変だけれど、誰も反論できなかった。実際に子供たちが救われていたのだから。

少年の計画は大成功だった。タトゥー待ちの列が長すぎて、みんなが焦るほどだった。人々は心配した。

「私の順番が来る前に、飢えた子供たちがいなくなったらどうしよう？」

そんな心配は無用だった。

「わあ……。世の中には、飢餓に苦しむ子供たちが、こんなにたくさんいたのか」

時間が経っても、少年が準備したタトゥーは、いっこうに減る気配がなかった。人々は、五秒に一人子供たちが飢え死にしているという話に、ようやく実感が湧くようになった。

ある人が、鋭い疑惑を提起した。

「ひょっとして、これは悪循環ではありませんか。豊かな国の我々がこんなふうにたくさん食べることによって食料がさらに不足して、飢える子供たちがいっそう増えるのではないでしょうか」

すると別の人が答えた。

「心配いりませんよ。現在、人類の農業生産量はすでに過剰生産の状態にあり、食料は全人類にたっぷり供給しても余ります。いつもより二倍、三倍食べても、まったく問題はありません」

「それじゃ、どうして？」

おかしい。みんなが首をかしげ、頭上にクエスチョンマークを浮かべた。

それでも人々は気にせず、タトゥーに熱中した。マスコミも、それが飢えに苦しむ子供たちを救う最善の方法であると報道した。

時間が経つにつれ、いっそう過熱して、数十人の子供のタトゥーを入れる人が出てきた。誰かが強く批判した。

「一人か二人のタトゥーは飢餓に苦しむ子供を救う行動だとしても、何十人も入れる人は、子供をダイエットに利用しているだけではありませんか。ダイエットに子供たちを利用してよいのですか」

もっともな批判だったけれど、ひとこと反論されると、それ以上何も言えなくなった。

「だって、現に子供たちを救っているじゃないですか」

「……」

人々は基礎代謝量を増やす気分で、タトゥーになった子供たちを何十人も気軽に入れた。

誰も彼らの行動を批判できなかった。とにもかくにも、彼らは子供たちを救っていたから。

しかし、思ってもみなかった事態が発生した。数年後、彼らは嘆いた。

「ああ、腹が減った……。ちくしょう！　食べても食べても腹がいっぱいにならない」

ご飯を山盛り食べても満腹感が得られない。

タトゥーになった子供たちは、タトゥーのまま成長した。

大きくなった子供たちは、いっそう多くのカロリーを必要とした。何十人ものタトゥーを入れた人たちは、必要とされるカロリーを摂取することができなかった。

彼らは一日中ご飯を食べた。まるで食べるために生まれてきた人みたいに、食べて食べて食べまくった。

魔法使いの少年が言った。

「タトゥーを消してくれという人がいましたが、それは不可能です。最初のお約束どおり、その子たちが大人になるまで面倒を見てください。そのために連れていったのですから」

「うう、ちきしょう。腹減った。腹が減って死にそうだ！」

ぞっとするようなうわさが、ささやかれ始めた。タトゥー除去手術を受ける人がいると。嘘だとは思うけれど……。

今、地球では、いちばんたくさん食べる人が、いちばん空腹だ。

世界中の食べ物を全部食べても、空腹だ。

目をつぶりたい人たちの世界

世界中のすべてのテレビチャンネルに悪魔が現れた。彼は人類に、意外な提案をした。

「超能力を一つ与えてやるよ。もしお前たちが欲しいと言うなら」

超能力という言葉は、テレビの前に座った人たちの好奇心をそそった。悪魔は成績優秀な営業マンみたいに話し始めた。

「テレビや写真なんかで食べ物を見て、食べたいと思ったことがあるだろ？　ほんとに食べたいのに、すぐに手に入らないとか、高価だとか、自分の国にない食べ物だとかいう理由で、絵に描いた餅《もち》を見つめるような気分であきらめたはずだ。俺がお前たちにやりたいのは、超能力だ。食べ物を見るだけで味や舌ざわりを感じて、

腹がふくれるようにしてやろう」

「おおお！」

人々は仰天した。

悪魔は、テレビの前にいる人たちの反応が見えているみたいに笑いながら、よく熟したイチゴを一つ手に持った。

「たとえば、こんなふうに」

その瞬間、テレビを見ていた人たちの唇に、イチゴが触れた感触があった。そしてイチゴを噛んだような気がして、甘く爽やかなイチゴの味が舌に広がった。

「うわ」

「あ、おいしい！」

みんなは驚愕《きょうがく》した。

悪魔は笑いながら、最後にこんな言葉を残して画面から姿を消した。

「ははは！　もしこの力が欲しければ、三日後までに全人類の意見をまとめろ。お前たちが望むなら、俺が超能力を与えてやるよ。人間はもうちょっと太らないといけないな。ははは」

人々はとんでもない事態に興奮して大騒ぎした。そんな超能力があったら、どんなにいいだろう。

「もちろん、サンキュー！　だ。わあ、見るだけで食べられるなんて」

「当然、欲しいさ。そしたら食費もいらないだろ」

「飢餓の問題が解決されますね。しかも、必須栄養素を供給するためだけの食品ではなく、世界中の人々がおいしい物を食べられるんですよ」

「わあ、ロブスター！　イセエビ！　ズワイガニ！　テレビで見て食べたかった物はいっぱいあったんだ。やったぜ！」

ほとんどの人が期待に胸をふくらませた。もちろん、反対意見もあった。

「絶対、何か下心があるはずです。そうでなければ、悪魔がこんなことをするわけがない」

「人間が見るだけで何でも食べられるようになったら、養殖業、農業、漁業などの産業がすべて衰退します。大恐慌が起きますよ」

しかし反対意見は、ある主張には勝てなかった。

「産業が衰退するって？　それがどうした。この超能力さえあれば、人間はどんな状況になっても飢えることはない。ひょっとしたら、一生働かなくても食べられるようになるんだぞ」

「だけど……」

「この超能力の持つほんとうの価値がわからないのか。この超能力は文字どおり、無限の動力なのだ。無から作り出される、唯一のエネルギーだ」

彼らはこの状況を、一つの革命であると表現した。ほとんどの人がこの革命に熱狂したけれど、時間が経つにつれ、憂慮する人も少しずつ出てきた。

「食べさせなくても人間が飢えなくなれば、人間に食べ物も与えず奴隷のように働かせる工場を造る者が出てくるのではないか。私は悪い予感がする。人間とは、そういう恐ろしい存在なのだ」

「食べないで排泄するだけになったら、どうなるんだ。地球が大小便で溢れるんじゃないかな。時間が経つにつれ、深刻になるよ」

「健康が心配です。現在でも肥満は世界的な問題なのに、手軽においしい物が食べられるようになったら、肥満人口は今まで以上に増大するでしょう」

憂慮する人たちの主張は、それぞれ一理あった。しかし、ほとんどの人は、

「何が何でも賛成だ！　悩む必要なんかない。超能力だぞ」

「反対してるのは、どうせ金持ち連中だろ？　俺たちみたいな貧乏人にとっては、一生食べられないような物を味わえるチャンスなんだ」

「反対してるのは誰だ。わからず屋どもめ」

と言って賛成し、歓迎した。人々は、どきどきしながら悪魔の出現を待ち望んでいた。

三日が過ぎた。

「よし、人間どもよ。決めたか？　それじゃ、この超能力に賛成する者は右手、反対する者は左手を上げろ！」

結果は、言うまでもなかった。

「そうか、やっぱり超能力が欲しいんだな。そうだと思った。ははは」

悪魔は笑いながら手をたたいた。

「よし。これからお前たち人間は、目で見るだけで食べられるようになる。ははは。この超能力を好きなだけ楽しんでくれ」

悪魔の手から光線が出て、世界中の空が一瞬光った。すると、

「うわ、ほんとだ！　ほんとに超能力ができた！」

みんなが熱狂した。全人類が、目で見ただけで食べ物を味わうことができるようになったのだ。

放送局はすかさず、世界のグルメ番組を放映した。第三世界の飢えた子供たちも栄養のある料理を見せられた。人々は、用意していた、最高級の食べ物の写真を見た。

「ズワイガニってこんな味だったのか。こんな食感で。すごい！　むちゃくちゃおいしい！」

「これがほんとうの天然マツタケなのね。ほら、この香り！」

「うわあ。特上マグロの大トロだあ！　一生食べられないと思ってた。ああ、幸せ」

世界中に喜びの声が響いた。だが、それは長くは続かなかった。

「う……おなかがいっぱいで、破裂しそう」

「おい……この超能力は、どうやったら止められるんだ。腹が裂ける」

「うえっ！　ううえっ！」

それは好きな時だけ使える能力ではなかった。いつどこでも、目に入った食べ物を全部食べてしまう能力だった。

「早くテレビを消してくれ」

「料理の本を片付けろ。うえーっ」

「一一九番に電話だ。救急車を呼べ！　早く！」

食べすぎて苦しむ人たちが世界中に溢れた。吐く人や、気道が詰まって死ぬ人も出てきた。

人々の意見は分かれた。

「悪魔にだまされたんだ。何が超能力なものか。これは呪いだ」

「違う。うまく調整すれば大丈夫だ。最初だから混乱しているけれど、コントロールできるはずだ」

だまされたのではなかったとしても、適応しなければならない。当初の大混乱の後、各国政府は事態収拾のためにあらゆる努力を惜しまなかった。

「テレビなどで食べ物を放映することは、いっさい禁止します」

「食堂の看板を撤去してください。食べ物の写っている写真はすべて処分してください」

「商店にある食料品を全部廃棄します」

「街にある果物の木は、ひとつ残らず伐採してください。果樹園、田畑、漁場の出入りを禁じます」

食べ物が人の目につかないよう、最大限の努力を払った。

人類は適応していった。大変だったけれど、当初の混乱が収まると、それなりに暮らしやすくなった。

人間は食べたい物がある時に必要な分量を、コントロールしながら食べられるようになった。

まだ完璧ではなかったものの、人類は超能力の適切な利用に成功したと評価された。

空腹になったら、食べたい物を検索すればいい。

「ああ、うれしい。今日は何を食べよう。仏跳牆《ぶっちょうしょう》(*)? フカヒレ? ステーキ? デザートは……スイカ、それともイチゴかな」

混乱を収拾した人類は、幸福だった。人生の幸福の半分は食べる楽しみだというが、それはほんとうだ。

その時、悪魔が再びテレビに現れた。

「**オッス！　人間どもよ。太ったか？**」

悪魔が登場すると、歯ぎしりをしながら、元に戻せと叫ぶ人もいた。一方では、また別のイベントを期待する人もいた。

「**今日は、知恵を授けようと思って来た**」

「知恵？」

みんなは首をかしげた。知恵って、何の？

「**お前ら、知ってるか？　人間は何でも食うんだぞ。昔、ある国の子供たちは、空腹のあまり木の皮をはいで食ったそうだ。ナマの物を食う奴らは、たいていの草はそのまま食ってしまう。それから、知ってるだろ。犬や猫も食えるってことを。火が使えなかった時代の人間は、犬や猫も焼かずに食ったはずだ**」

「何を言ってるんだろう？」

人々は悪魔が何を言おうとしているのか見当がつかなくて、眉をひそめた。だが、悪魔が授けた知恵を意識したとたん、

「ウエッ！」

「な、何だ、この味は？　う……いったい、何なんだ」

人々は、悪魔が言った物を、食べ物だと認識するようになった。木を見れば木の皮、草を見れば草の味がした。家で飼っている犬を見たら犬の、猫を見たら猫の味がした。

「ははは。俺の話がわかったか。新しい知識を得るってのは、どんな時でも喜ばしいことだ。そうだろ？　ははは」

悪魔は笑いながら消えた。世界中の人々が激怒した。

人類は再び大混乱に陥ったものの、再び適応していった。

「すべての愛玩《あいがん》動物を禁止します。街中の木をすべて伐採します。家で植物を育てることを法律で……」

たくさんの人が悲しんだ。それでも超能力はありがたかった。

「こんちくしょうめ！　むしゃくしゃするから、今日は甘い物を食べなきゃ。〈世界最高ランク〉〈チョコレート〉〈写真〉で検索っと……」

「ああ、フライドチキンでも食べよう」

「おお。高級ホテルのディナーの写真？　そりゃいい」

しばらくすると、もうこれ以上問題はなさそうに思えてきた。問題があったとしても、人間同士で飯テロを起こしたり、気づかれないようにワサビをいっぱい入れた料理の写真を見せて他人を驚かせたりする程度だった。

ところが、悪魔がまた姿を現した。

「オッス！　人間どもよ。最後の知恵を授けに来たぞ」

「こ、今度は何だ？」

人類は恐怖に震えた。最悪の事態を予想して青ざめている人もいた。

悪魔は笑顔で言った。

「知ってるか？　遭難した人間が飢え死にしそうになって、横にいる人間を殺して食った事件があったのを」

「！」

「そう、人間は、人間も食ったんだ！　仕方ないだろ。食えるから食っただけなんだから。まあ、お前ら人間は、食えるものは何でも食うんだろ。そうじゃないか？

ははははは」

悪魔は大きな声で楽しそうに笑いながら消えていった。

「……」

世界中に嘔吐《おうと》の声が響きわたった。悲鳴、涙、そして闇《やみ》……。

*仏跳牆：中国福建省の高級スープ

六本の矢

　地球が統一されて十年になる。世界中の人が住民登録を終えた。しかし密林の奥地で一般社会と断絶して暮らすボグ族だけは例外だ。

独自の文化を持った彼らは、接触を試みる外部の人たちに必死で抵抗し、交渉する隙をまったく与えない。

彼らは未開の民族であり、奇妙な宗教を持っていて、しかも好戦的だ。

これまでボグ族に関して、対立する二つの主張が出されてきた。

「そっとしておきましょう。彼らには彼らの文化があるのだから、それを尊重すべきです」

「いいえ、例外があってはなりません。それに、彼らにも文明の恩恵を分け与えるべきです」

「私たちのしていることが、ほんとうに彼らのためになるのでしょうか。ほんとうは、密林の資源を開発するための口実なのでしょう」

「まさか。統一政府の政策はすべて、人類愛に基づいたものです。同じ人間として、私たちは彼らに文明の恩恵を分け与える義務があります」

「彼らは彼らで、じゅうぶん幸せになれるのです。彼らは私たちと異なっているだけで、間違っているのではありません。むしろ私たちより幸福かもしれない。彼らの文化を尊重しましょう」

「時には、異なっていることが過ちにもなり得ます。この地球統一時代に、飢餓に苦しんだり、医者にかかれないで死んだりすることなど、あってはなりません」

意見は衝突したけれど、十年目に入った統一政府が下した結論は、ボグ族に住民登録をさせ、一般社会に編入することだった。

まだ完全には安定していない統一政府にとって、全人類の完全な統一は象徴的な意味を持っている。

そのために政府は、刺激的な公共広告を打った。

がりがりに痩せた子供が横たわっている映像とナレーションは、見る人の感情を刺激した。

「薬さえ呑めば助かります。注射さえ打てば助かります。それなのに、私たちは助けることができません」

「伝統と文化を尊重することは重要です。しかし、それより重要なのは人間の尊厳です」

「統一を成し遂げた私たちは、自信を持って断言できます。良い世の中になりました。今こそ彼らにも、良い世の中を見せてあげましょう」

広告は感傷的だったのに、政府のやり方はかなり強引だった。

ボグ族は必死で抵抗したものの、先端技術の力にはかなわなかった。

ボグ族の多くは制圧されて社会に引きずり出された。その過程で起こった武力衝突はマスコミに報道されなかった。報道されたのは、文明の恩恵を受ける彼らの姿だけだ。

現代医学の力で病気から回復する人。

危険な密林を出て、新しい家で安心して暮らす家族。

チョコレートやアイスクリームを食べて目を丸くするボグ族の子供。

そして、〈良い世の中です〉というスローガン。

ボグ族をそのままにしておくべきだという意見は次第に力を失い、政府の政策は無難に実行されているように見えた。

だが、ボグ族のシャーマンは、最後の抵抗をした。それは実に驚くべきものだった。

「カルカグ、カルカ！」

シャーマンが模様のついた大きな壺《つぼ》のふたを開けると、そこから色とりどりに輝く光の柱が空に向かって伸びた。

「わ！　あれは何だ」

「い、いったい何が起こったの」

人々は驚いた。

世界中のどこからも見えたその光は、夜になっても消えなかった。

人類は常に、未知のものに対して恐怖を感じる。

ボグ族の人々は光の柱に向かってひれ伏していた。政府は、この思いがけない事態に対処する方法を考え出せなかった。

全人類が不安な気持ちで一夜を過ごした翌朝。

きっかり二十四時間輝いていた光の柱が消えた空に、それぞれ色の違う六本の矢があった。

人々は、攻撃のイメージを呼び起こす矢を見て、いっそう不安になった。すると、突然どこからか美しい声が聞こえてきた。

「あら、神様が私たちにくださった宝物を取り戻してくれたのですね。人間に矢を分配する権利があることを認めましょう」

その声は世界中のどこにいてもはっきり聞こえて、人々を驚かせた。

空を見上げると、矢の近くに光の塊のようなものがあった。

戸惑っている人々に向けて、声の主が自己紹介した。

「私は天使です。これまで私たち天使は宝物を失って、皆さんを助けることができないでいました」

「天使？」

「天使だって？」

不安な夜を過ごした人たちは、天使と聞いて喜んだ。それに続く説明を聞くと、表情はさらに明るくなった。

「この六本の矢は、それぞれ別の力を持っています。赤い矢は、刺されれば恋に落ちます」

「え？　それじゃ、キューピッドの矢ってこと？」

「ほんとに天使なんだな」

人々は喜んだ。しかし、良いことばかりではなかった。

「青い矢は人を憎む矢です。オレンジ色の矢は美しくなる矢です。灰色の矢は醜くなる矢です。白い矢はすべてが癒《いや》される矢です。黒い矢は命を奪われる矢です」

人々は、命を奪われる矢という言葉に、ぞっとした。そんな恐ろしい矢があるのか。

「もともとこの宝物は、天使と悪魔が半分ずつ使っていたものです。両陣営の競争が激しくなって、私たちは人間に対する干渉を禁止され、宝物を封印されてしまったのですが、封印が解けた今、私たち天使は再び人間のために奉仕できるようになりました」

あまりにも違う世界の話で、人類にはピンと来ない。

何だかよくわからなかったけれど、重要なのはその次の言葉だった。

「今日、私は矢を一本持っていくつもりです。私たち天使に、どの矢をくださいますか？」

「どの矢って？」

「天使が矢を放つってことか？」

世界中の人たちがざわざわし始めた。声がもう一度、矢の力を説明すると、人々は口々に大声で騒いだ。

白い矢の話題がいちばん多かったのは当然のことだ。

「当然、白い矢じゃない？　すべてを癒してくれるんだから」

「天使が病人を治療できるってことだろ」

そんなことを言っていると、声が反応した。

「白い矢！　私に白い矢をくださるなら、右手を上げてください」

たくさんの人が手を上げた。思わず上げた人も、好奇心で上げた人もいたけれど、とにかく手を上げた。過半数の人が手を上げると、

「ああ、あ！」


空でぐるぐる回っていた白い矢が、光の塊に向かって飛んだ。

光の塊はぶるっと震え、すぐに矢と一緒に消えた。

人々は少し戸惑いながらも漠然と期待した。これから天使たちの癒しの力が世の中に浸透するのだろうと。

しかしあまりにも安易に決定したのではないか、言いくるめられてしまったのではないかと感じる人もいた。

マスコミは、早急にこのすべての状況を整理しようとした。人々はそれぞれ自分の推理や想像を交えて話し、政府は残った矢を見ながら対策を立てた。

人類は一日の間に、この神秘的な事態をある程度理解できたように見えた。

そして翌日、再び光の塊が一つ、矢の近くに浮かんでいた。

しかし、声は昨日と違った。


「くははは！　人間どもよ、よくやった。おかげで俺たち悪魔の宝物を取り戻せるようになったよ」

「何だ？」

「俺にどんな矢をくれるんだね？　いやだと言ったたって無駄だぞ。今日が終わる前に決めないなら、俺が勝手に持っていってもいいんだから。くははは！」

「あ、悪魔？」

人類は困った。

統一政府はすぐに全世界に緊急放送をした。

どんなことでも簡単に結論を出したりせずに、政府が会議を終えるまで挙手、あるいはそれに類似した行為はいっさいしないように、という内容だった。

続いて、さまざまな議論が行われたけれど、最も重要な結論は一つだった。

「絶対、悪魔に黒い矢を渡してはなりません！」

他のことはともかく、命を奪う矢だけは、悪魔の手に渡ってはならない。

さらに、悪魔と天使が交互に現れるだろうと予想したために、出された結論は、きわめて皮肉なものになった。

「有害な矢は天使に、有益な矢は悪魔に渡すべきです。そうしないと人類が生きていけません」

政府は放送を通じて全人類にそう告げた。

「赤い矢？　恋に落ちる矢を俺たちにくれるって？　馬鹿め」

人類は赤い矢を悪魔に渡した。

それから、心配し始めた。

「天使が持っていける矢は、あと二本だ。有害な矢が三つもあるのに、どうしよう」

「最初に深く考えずに白い矢をやったのが間違いだったんだ」

次の日、また天使が現れた時、人類はためらわずに黒い矢を渡した。

その次の日、悪魔が現れた時には、射られた人が美しくなるというオレンジ色の矢を渡した。

空には憎しみを抱く青い矢と、醜くなる灰色の矢だけが残っていた。

人類はそのどちらかを悪魔に渡さなければならない。

「誰かを憎むより、いっそのこと醜くなるほうがよいのです」

「今の世の中は外見至上主義です。醜くなるなら、いっそのこと死んだほうがましだと思う人がたくさんいるんですよ」

「もしあなたが家族を憎むことになったら、それはひどく不幸なことでしょう？」

「どっちにしたって、今も世の中には憎み合っている人がたくさんいるんです。誰かが憎らしくなれば、関係を断てばそれまでです。外見がどれぐらい醜くなるのか、想像してみたのですか」

意見はまちまちだったけれど、政府の意向は最初から決まっていた。

「天使に青い矢を、悪魔に灰色の矢を渡しましょう。ひょっとしたら、天使の白い矢が、醜くなった姿を治療してくれるかもしれません」

政府の決定が全世界に放送され、残った二本の矢はそのとおりに渡された。

六本の矢がすべて分配された後、再び巨大な光の柱が現れた。

そして世界中の空に、天使たちと悪魔たちが弓を持って出没し始めた。

当然のことながら、人々は怯《おび》えて家の中に閉じこもった。すぐにでも悪魔が追いかけてきて、矢を放つような気がした。

「え?」

「何?」

ところが、悪魔ではなく、天使たちが人間に向けて黒い矢を放っているではないか。

「どういうこと？」

「て、天使が人を殺すのか！」

大混乱が起きた。天使に保護されようと近づいた人は、黒い矢に当たって命を落とした。

その場面を目撃した人たちが、天使たちに向かって絶叫した。

「どうして天使が人間に黒い矢を放つのです？」

天使が答えた。

「皆さんに死んでいただかなければ、天国に連れていけないからです」

「何だって？　俺たちは死にたくないんだよ！」

すると天使は、不思議そうに首をかしげて答えた。

「天国はいい所なのに」

「……」

「もちろん、人類の皆さんの伝統と文化は尊重します。しかし、それより重要なのは人間の尊厳です。こんなに未開では……」

釣り上げられた奇妙な物体

男は凍った湖でワカサギ釣りをするために、一人で出かけた。

職場は無断欠勤し、スマホの電源も切った。衝動的に決めたことではあったが、そうしなければならないぐらい、将来について切実に悩んでいた。

男が到着した湖には幸い誰もいなかったから、ゆっくり考えごとをするのに都合がよかった。

男は鑿《のみ》で直径二十センチの穴を開け、すぐに釣り糸を垂れた。

「……」

魚が餌《えさ》に食いつくのを待ちながら考えごとをしていた時、糸が強く引っ張られるのを感じた。

「あれ？」

ワカサギのような小さな魚ではなさそうだ。マスかもしれない。

「？」

直径二十センチの穴に頭が引っかかって引き上げられない。

それに、見た感じでは、マスというよりタコみたいだ。

湖にタコがいるはずはないと思いながらも、男はすぐに鑿で穴を広げて糸を引っ張った。

「うわあ！」

釣り糸にかかったのは、タコでも魚でもなかった。

「こんにちは」

タコみたいな頭に目鼻口と手足がついた、奇妙な物体だった。男が腰を抜かして後ずさりすると、奇妙な物体が言った。

「ひどいな。釣りでしたか。私はミミズの神様が私を連れていくのだと思いましたよ。はは」

奇妙な物体は、そう言って口にひっかかった釣り針を抜いた。男は驚いてぽかんと口を開けて見つめるばかりで、何も言えなかった。

奇妙な物体が顔をしかめて口の中を触り出した時、男がようやく言葉を発した。

「な、何者ですか」

「うむ」

奇妙な物体は、あごをなでながら考えたあげく、こう言った。

「私はエイリアンです」

「ああ、なるほど」

男は納得した。昔、インターネットで見たエイリアンそっくりだ。

男が信じたようなので、奇妙な物体が話し始めた。

「私たちの星は地球から数億光年離れた所にあるのですが、いつでも冬です。私が地球に来たのは、離婚のためです。私たちの星では離婚するのに四年間の調整期間が必要なので、その間、それぞれ別の星に旅行して……」

落ち着きを取り戻した男は、目の前のエイリアンに好奇心を抱いた。

「あ、あの、宇宙船を見せてもらえますか？　僕、スター・ウォーズの大ファンで……」

「……」

奇妙な物体は口を閉ざし、妙な顔をした。

「エイリアンというのは嘘です。ほんとは、妖精なんです」

「え？」

男が驚いた顔をすると、奇妙な物体がまた言った。

「私は、実は湖の妖精です。ごめんなさい。正体を明かすとこの湖の平和が破られるような気がして嘘をつきました。わが家は五十三代にわたってこの湖を守ってきて、すべてのマスとワカサギから尊敬され……」

男は、また顔を上気させて口を挟んだ。

「あの、それなら、僕を妖精の世界に連れていってくれませんか。子供の頃、いちばん好きだった童話の本が、そういう物語だったんです。主人公がとてもうらやましくて、いつも妖精界に旅立つことを夢見ていたんですよ」

「……」

奇妙な物体の表情が、またゆがんだ。

「妖精というのは嘘です。実は、私は地底世界の人間です」

「え？」

男が驚くと、奇妙な物体は、また話を始めた。

「地上の主人が人間とすれば、地底の主人は私たちです。私はカンタ市の市役所に勤める公務員で、居住区域の拡張工事をする途中、偶然この湖の底を突き破りました。私たちの世界では湖の水は富の象徴のようなものなので、こっそりこの湖を自分の別荘として利用してきたのですが、不正がばれて……」

男は再び目を丸くして口を挟んだ。

「地底世界！　それがほんとうなら、僕たちが出会ったのは必然だったのかもしれません。僕は貿易会社に勤めているんです。地底の特産物と地上の特産物を取り引きできれば、大もうけできるんじゃないですか。考えただけで、胸が高鳴りますよ」

「……」

奇妙な物体の表情が、また変わった。

「地底世界の人間というのは嘘です。実は、私は悪魔です」

「……」

男は言葉を失った。

「私は悪魔ですが、暑さに弱い特異体質なんです。硫黄《いおう》の炎が燃えている所で暮らすのは、もううんざりです。だから時々、休暇を取ってこの冷たい湖に来るのですが……」

男は奇妙な物体の言葉を聞き流した。信じなくてもいいと思った。彼はちょっとぶっきらぼうに言った。

「ほんとに悪魔なら、僕の願いを聞いてくれますか。僕の魂と交換に」

「……」

奇妙な物体の表情がまた変わった。

そして、うなずいた。

「こんな所で契約を結ぶことになるとは思いませんでした。今まであまり実績を上げられなかったから、ありがたいことです」

男はうろたえた。ほんとに悪魔だってことか？

「それで、何を望んでいるのですか」

「え、ああ……」

男は突然のことにうろたえ、今しがた言ったことを取り消そうと思ったけれど、ふと、

「……」

それも悪くないような気がしてきた。どうせ自分は自殺しようかと悩んでここに来たのだ。

「どんな願いでも聞いてくれますか？」

「もちろんです」

男の表情がこわばった。

「時間を巻き戻してください。学生時代に戻りたいんです。そうできるなら、もうこんな生き方はしません。浮気する妻と結婚することもないし、僕を窓ぎわに追いやる会社に就職したりもしない……。勉強の邪魔になると言われて、親にスター・ウォーズのグッズを捨てられたりもしないでしょう。それから……。そう、過去に戻ってロトに当籤《とうせん》できたらいいな！」

男はそう言いながら、表情がだんだん明るくなってきた。

「スター・ウォーズのミュージアムをつくろう！　みんなが喜びますよ！　そして、子供の頃の夢だった童話作家にもなれるでしょう。お金の心配もなしに。妖精世界のお話を好きなだけ書いていられるし、子供たちが僕の本を読んで、夢を育てるんですよ！」

「……」

頰《ほお》を赤らめて話す男を見ながら、奇妙な物体の顔がゆがんだ。

「悪魔だというのは嘘です」

「ああ」

男は、ひどく気落ちした表情になった。そしてすぐに、それが怒りに変わった。

「いったい、どういうことだ？」

「私は、ほんとうは、あなたの想像の産物です」

「何だと」

怒ろうとした時、奇妙な物体の告白を聞いてぎくっとした。

「考えてもごらんなさい。地底世界と貿易して、会社で認められたかったのでしょう？　つらい生活を抜け出して、子供の頃に夢見ていた妖精の世界に逃避したかったのでしょう？　子供の頃に好きだったスター・ウォーズで、またわくわくするようなことが起きたらいいなと思いませんでしたか？　ほんとうは自殺したくなくて、誰かが奇跡のように現れて願いを聞いてくれたらいいと思っていたのではありませんか？」

「それは、まあ……」

男の瞳が揺れた。

奇妙な物体は、男に歩み寄った。

「私はあなたの想像が創り出した幻です。妖精やエイリアンや悪魔が釣り針なんかにかかって、あなたと話し合ったりするものですか。世の中にこんな変な形の物体がありますか？」

「そ、それは、まあ……」

「いいかげん、目を覚ましてください。手遅れになる前に」

奇妙な物体が手を伸ばし、男の胸を押した。

「な、何をする」

強く圧迫されて息もできないほど苦しんだ男は、やがて……。

＊

「ゲボッ！」

「おい、気がついたか？」

「オエッ、ゲッ！」

男は水を吐き、朦朧《もうろう》とした目で周囲を見渡した。びしょぬれになって湖のほとりに横たわっている男を、見知らぬ中年の男が大声で叱《しか》りつけた。

「ふうっ。あんた、死ぬところだったんだぞ。わかってるか？　まだ水がちゃんと凍ってもいないのにワカサギ釣りだなんて。俺が発見しなかったら、あんたそのまま溺《おぼ》れて死んでたよ！」

「あ……」

男は状況を理解した。僕は完全に凍っていない氷に穴を開けている時に、水に落ちて気を失ったんだな。奇妙な物体に会ったことは、すべて想像だったんだ。

「……ありがとうございます」

「俺がいなければ、ほんとに死んでたぞ！」

「ありがとうございます」

口では感謝の言葉を述べながらも、実のところ男は、頭の中で逆のことを考えていた。自殺しようかと悩んでいたんだ。いっそそのまま死んだほうがよかったんじゃないか？

それでも男は親切な中年男性に何かお礼をしようと、横に置かれていたカバンに手を伸ばした。

「あれ？」

財布を開いた男が、首をかしげた。

「童話作家キム・ナム？」

自分の名前が書かれた、見慣れない名刺があった。あわててスマホを出した。

電源を入れたとたん、数えきれないほどの不在着信が入ってきた。そしてすぐに電話が鳴った。

「あ、先生！　いったいどこにいるんです。新しく刊行した童話のサイン会が今日だってことを忘れたんですか？」

「え……ええっ？」

「先生のスター・ウォーズミュージアムでサイン会を開くことにしたじゃないですか！　今、どこなんです？」

「スター・ウォーズミュージアム？　サイン会？」

「何をぶつぶつ言ってるんです。先生、早く来てください。みんな待ってるんですから。早く！」

男はわけがわからなくて、湖を振り返った。

奇妙な物体がどこかにいる気がして、あちこちを見回したのだが……。

「どこにいるんですか。私がそちらに行きましょうか？　子供たちが先生の童話の本を持って待ってるんですよ！」

「あ……ああ。すぐに行きます！」

男は急いで荷物をまとめた。立ち去る前に、中年男性に童話作家キム・ナムの名刺を手渡すのも忘れなかった。

「急な用事がありまして。必ずお礼にうかがいますから、ここに連絡してくださ
い」

「え？　お礼が欲しくてしたんじゃないのに……」

釣り道具とカバンを持って走る男の顔は、なぜか笑顔になっていた。

何が何だかちっともわからないけれど、やたらと笑いがこみ上げた。

＊

湖の片隅からひょっこり顔をのぞかせた奇妙な物体は、男が出てゆく姿を見て、

ほっとため息をついた。

「ふう。あいつのせいで、あやうく地球征服計画が頓挫《とんざ》するところだった。これで、もしあいつが俺に会ったことを漏《も》らしても、他の人間は童話作家がでっち上げた作り話だと思うだろう」

奇妙な物体は、自分の手腕に満足した。

「……」

しかし、あなたを見ていた奇妙な物体は、顔をゆがめた。

「地球征服というのは嘘です。私は、ほんとうは天使なんです。天使は思春期になると一度脱皮するのですが、その時のぶざまな格好を見られるのがいやで、地上に降りて隠れたりするんです。なるべく人目につかないよう北極や南極に行く天使が多いけれど、私は、わが家に代々伝わる……」

プルスマ、プルスマナス

エイリアンは精神体だ。

半透明な彼らの身体は、ビルみたいに大きい。人類はエイリアンを目で見ることはできても、触ることはできない。

しかしエイリアンは違う。彼らは人類に対して物理的な力を行使できる。

「きゃあっ！」

「うわあ！　やめろ！」

「ママ！」

エイリアンの半透明の大きな手が、人間たちをひとつかみにした。

その手にある六本の指は関節が二十以上もあるように見え、スルメの足みたいに、やたらと長かった。

その手はまるでモヤシを一束引っこ抜くように、人間を束にして持ち上げた。握られた人たちの頭が、大豆モヤシの先端の豆みたいに見えた。

二十数人の人々は骨が折れそうなほど強く握られていて、とうてい抜け出すことができなかった。

災厄を逃れた人々は、恐怖と安堵《あんど》、そして哀悼の気持ちを持って彼らを見上げていた。彼らはもう、死んだも同然だ。誰もエイリアンを止められない。

人々の悲鳴と絶叫が大きくこだました。しかしすぐに、それを上回るエイリアンの大声が響きわたった。

エイリアンの審判が始まったのだ。

エイリアンはもう片方の手の細長い指で、二十数人の中の一人の頭をつまんだ。

そして、上に引き上げた。

「**プルスマ**」

ぶちっ！

エイリアンの荘厳な声が響くと同時に、人間の頭がモヤシの豆みたいに抜けた。

血が噴水のごとく飛び散り、手の中の人々の悲鳴はいっそう大きくなったけれど、エイリアンの指はお構いなしに次の頭をつまんだ。

「プルスマナス」

ぶちっ！

地上の人々は顔をそむけ、半透明なエイリアンの身体を通過して降ってくる血の雨をよけようと走り出した。

手にしたすべての人の頭が取れるまで、エイリアンは審判を続けた。

「プルスマ……プルスマナス……プルスマ……プルスマナス……プルスマ……プルスマナス……」

やがて何も聞こえなくなった。落ちてくる血は、雨というより、レモンを絞った時の果汁のようにぼとぼと垂れて地面を赤く染めた。

それからエイリアンは頭の取れた人間たちの身体をモヤシみたいにきれいにそろえると、何の未練もなく地面に落とした。

空中に出現したエイリアンは、去る時もやはり空中に消えてしまった。

最初から何もなかったかのように。

エイリアンは、ある日突然、登場した。

そして人々が呆然としている間に、地上を地獄に変えてしまった。

エイリアンの登場が一回では済みそうもないと気づいた時、人類は抵抗した。しかしエイリアンに勝つ方法はなかった。彼らは精神体だから、人類が彼らに物理的な力を行使することはできない。

銃や剣など役に立たなかった。熱、音波、さらには悪魔祓《ばら》いの儀式や呪術のような超自然的攻撃まで試みたけれど、何の成果も得られなかった。

人々はエイリアンを、ある種の自然災害だと受けとめるようになった。

エイリアンの出現するタイミングに規則性はなかった。一週間に一度出てくる時もあれば、一日に十数カ所で同時に現れることもあった。

地下も安全ではなかったし、空を飛ぶ飛行機も安全ではなかった。いつどこでも、彼らは空中に突然現れ、審判が終われば空中に消えた。

それでも人類は彼らの習性を把握するために必死で研究を続けた。その結果、彼らは常に人の集まる場所に出現することがわかった。ショッピングモール、コンサートホール、スポーツ競技場、映画館、デモの現場、学校など……。

その事実が明らかになるにつれ、人類の生活パターンは変化した。おおぜいが集まることは、できるだけ避けるようになった。

スポーツやコンサートなどの公演は中止され、ショッピングモールや繁華街も次第に消えていった。軍隊の大部隊がなくなり、大きな戦争も起きなくなった。大きな工場や大企業のビルも消えた。学校もすべて閉鎖され、人口の首都圏集中が解消されて全国の人口密度が同じぐらいになった。人間の集団は、極度に細分化されていった。

人類史上、初めて進歩が止まった。いや、むしろ逆行する時代が到来した。散り散りになった人々は、次第に質素な生活をするようになった。絶対に必要な物だけを自給自足し、無駄遣いをやめた。

ある意味では、人類は地球を広く、均等に、大切に使うようになってきた。それで、エイリアンを崇拝する宗教ができた。エイリアンの行動を〈審判〉と呼ぶようになったのも、そのためだ。地球をむしばんでいた人間が、エイリアンの出現によって自然を大切に扱い、地球と共存するようになったというのだ。

エイリアンに関して誰もが最も疑問に思っていたことについて、その宗教を信じる人々は、こんな答えを出した。

「〈プルスマ〉〈プルスマナス〉という言葉は、罪の重さを意味するものです。私たちは、あの方々に審判された人々について研究を重ねてきました。その結果、〈プルスマ〉と言われて死んだ人たちは、〈プルスマナス〉と言われて死んだ人たちより、犯罪者である割合が高いことが判明したのです。〈プルスマ〉と言われた人たちは地獄に、〈プルスマナス〉と言われた人たちは天国に行くと思われます」

当然、彼らの主張は退けられた。遺族が猛烈に反発したからだ。それでも人々は、気になった。

〈プルスマ〉〈プルスマナス〉とは、いったいどういう意味なのだろう。

エイリアンが地球の人類に伝えたメッセージは、〈プルスマ〉〈プルスマナス〉だけだ。この言葉についてさまざまな推測、憶測、研究がなされ、多数の論文が書かれた。

ある科学者は、エイリアンは精神体だから人を殺して精神を食べる。〈プルスマ〉〈プルスマナス〉は精神を噛む時の音であると主張した。

哲学者も、いろいろな翻訳を試みた。

〈人生とは〉〈何か〉

〈悟った存在〉〈悟れない存在〉

〈存在の価値〉〈存在の無価値〉


宗教者も、さまざまに解釈した。


〈人類の罪を〉〈許そう〉

〈虫に生まれ変わる奴〉〈人間に生まれ変わる奴〉

〈審判の日が〉〈近づいている〉


人々は、ああだこうだと言いながら、〈プルスマ〉〈プルスマナス〉の意味を考え続けた。

人間の好奇心の力は、常に強力だった。十年過ぎ、二十年、三十年が過ぎた。

哲学者、宗教者、科学者が協力して、とうとう音を翻訳する機械を発明した。

音の持つ本質、目的、波動そのものを翻訳する機械だ。別の言語を話す人たちの言葉はもちろんのこと、動物の鳴き声も完璧に翻訳できる。

ただ、その翻訳機は録音した音では作動せず、その場で発せられた音しか翻訳できない。

すぐに全世界の人々が殉教を志願した。三十年来の人類最高の疑問を解決するためだ。

＊

広い運動場の中央に、殉教を志願した百名あまりの人々が集まっていた。三十年間、人類が抱き続けた疑問に、いよいよ答えが出るのだ。

運動場の周囲に八台のカメラが設置されて中央に向けられた。映像は全世界に生中継されている。

しばらくすると、世界中の人々が注目する中、とうとうエイリアンが空中に現れた。

　殉教者たちはじっと目を閉じた。エイリアンはすぐに手を大きく振り回し、ひと握り分の殉教者をつかんで持ち上げた。

　悲鳴が上がり、絶叫する声が響きわたったけれど、目をそらす人はいなかった。現場の人たち、家でテレビを見ている人たち、世界のすべての人たちが、じっと状況を見守っていた。

　エイリアンの指が最初の殉教者の頭をつまんだ。

「プルスマ」

　ぶちっ！

　殉教者の頭が抜け、カメラは翻訳機の前に立っている科学者を捉《とら》えた。

　二人目の殉教者の頭が引っこ抜かれた。

「プルスマナス」

　ぶちっ！

　翻訳機をのぞきこむ科学者の身体が、だんだんこわばってきた。そうしている間も、エイリアンの審判は続けられた。

「プルスマ……プルスマナス……プルスマ……プルスマナス……プルスマ……プ

ルスマナス……」

翻訳された言葉を伝えてくれるはずの科学者が黙っているので、人類の好奇心が爆発した。いったい、なぜ？　どうして教えてくれないんだ？

殉教者の一人が駆けてきて、科学者の肩をつかんで揺すぶった。

「おい、何してるんだ。あいつらのメッセージは、どういう意味なんだよ！」

「プルスマ……プルスマナス……プルスマ……プルスマナス……」

殉教者たちの血しぶきが散り、地上に残った殉教者たちは全員、科学者の所に駆け寄った。

「早く教えろ！　何て言ってるんだ？」

呆然とした表情の科学者は、全世界に生中継されているカメラの前で、全人類に向けて〈プルスマ〉〈プルスマナス〉の意味を伝えた。

「愛してる……愛してない……愛してる……愛してない……愛してる……愛してない……」

「……」

人類は沈黙した。手折《たお》られた花のように。

額に手を当てろと言うエイリアン

　攻撃的なエイリアンが地球を侵略しにやって来た。

「野蛮な地球の人間どもよ！　お前たちを征服しに来たぞ。くははは！」

　勝負はあっけなくついた。人類はエイリアンに打撃を与えるほどの技術力がなく、エイリアンはボタン一つで都市を滅亡させることができた。たった数日で世界の大都市がいくつも破壊され、人類は降伏した。

「どうかやめてください。人類の負けです。降伏します。目的は何ですか？　何でも差し上げますから、もう攻撃しないでください」

　するとエイリアンはすぐに、全世界の空にホログラムで現れて勝利を宣言した。

「野蛮な地球の人間どもも！　こんな未開の星に、ろくなものがあるはずないだろ。

何もいらん！」

人類は激怒した。何もいらないのに、どうして攻撃したのだ。

「俺はただ、下等な人格を持つ奴らを征服したかっただけだ」

そうであるならば、エイリアンの目的は達せられた。そしてエイリアンは勝利を確認するため、あることを要求した。

「すべての人間は今すぐ額に手を当てろ」

人類は、それが何を意味するのか理解できずにうろたえた。そのようすを見て、エイリアンは大笑いした。

「どうした？　できないのか。あまりにも屈辱的で、できないというのか？　くははは！　野蛮な種族のくせに自尊心はあるのかな。くははは！　さっさと額に手を当てろ！」

何が何だか訳はわからなかったけれど、人々はとにかく額に手を当てた。すると、

「くははは！　そうだ。お前たちみたいな野蛮な種族には、それぐらいぶざまな格好がお似合いだ。くははは！」

エイリアンは満足した。そして意外なことに、そのまま宇宙船に乗って地球を去

った。

人類は虚脱状態に陥った。あれは何だったんだ。ただ、額に手を当てさせるために、あんなにたくさんの都市を破壊したというのか？

そこから人類は推理した。

おそらく宇宙においては、額に手を当てるという行為がひどい屈辱なのだ。

人々は、この程度で済んだのは幸いだと思いながらエイリアンを嘲笑した。

「間抜けだな。額に手を当てたからって、それがどうだってんだ」

「ひひひ。馬鹿な奴。今頃は、我々が屈辱を感じてると思ってるんだろうね」

「おやおや、あんなことで人間を征服したと思ってるのかな。あれぐらい、何百回でもやってやるさ」

人々は、まったく抵抗できなかった無力感を、間抜けなエイリアンを思い切り馬鹿にすることで解消した。

エイリアンはその後も数カ月に一度、地球にやって来た。

「くはは！　野蛮な人間ども！　額に手を当てろ！」

すると人類は、

「あれえ。はいはい、わかりましたよお。仰せのとおりにいたしますう」

みんなが額に手を当てた。

「くははは！　お前たちの野蛮さによく似合ってるぞ。くははは！」

人々が額に手を当ててさえすれば、エイリアンは満足して何もせずに地球を去った。

そのたびに人々はエイリアンをあざ笑った。

しかし、やがて奇妙な現象が起こり始めた。

最初は、ただお遊びみたいな調子だった。


「おい、また遅刻か。お前は額に手を当てて反省してろ。うひゃひゃひゃ」

「おお、誠に申し訳ございません。私のような卑賤《ひせん》な者が、大罪を犯してしまいました。すぐに額に手を当てさせていただきます。いひひ！」


「ああ、ごめん、ごめん。ほんとにごめん。俺みたいな人間は、額に手を当てなきゃ」

「何してるの。やめてよ」

だが、時間が経つにつれ、

「おい！　額に手を当てろ！」

「何だと？　どうして俺がそんなことしなきゃいけないんだ。この野郎！」

「ちょっとあんた！　あたしの前ではいつも額に手を当てておけって言ったでしょ」

「ご、ごめん……」

「特定の職業に対する差別的な発言で物議をかもしたタレントのキム氏に対して多くのネットユーザーが額に手を当てることを要求し……」

エイリアンが人間に要求したことを、人間が人間に対して要求するようになった。額に手を当てる行為は、ほんとうに屈辱的なことになってしまった。人々は額に手を当てろという言葉を、股《また》の下をくぐれと言われたぐらいの屈辱として受け取った。

すると、問題が起こった。

「くははは！　久しぶりだな。この野蛮な人間ども。死にたくなければ、すぐに額に手を当てろ！」

「ううっ！」

以前には何ともなかった命令が、ほんとうに屈辱的に響いた。

「くははは！　そうだ。お前たちみたいな下等な種族にぴったりの格好だ。くははは！」

人々は額に手を当てて屈辱に身を震わせた。まさにエイリアンが望んでいたとおりの姿だ。

そうなると人々の間から、こんな意見が出された。

「もうこれ以上、エイリアンに屈服したくはない。今度またエイリアンが来ても、絶対、額に手を当てないぞ」

そう主張する人が、一人や二人ではなかった。世界中の至る所に同調者が現れた。

それ以来、果てしない議論が始まった。

「そんなことをして、エイリアンがまた襲ってきたらどうするんです。私たちはみんな、おとなしく額に手を当てるべきです」

「額に手を当てるかどうかはその人の自由です。すべての人間は、自由に判断する権利があります。私たちは絶対に、額に手を当てたりはしません」

もっともな主張だ。どの人にも自分の行動を決める権利がある。しかし人類は、その自由を認めてばかりはいられなかった。

「すべての自由には責任が伴います。あなたがたが額に手を当てないことによって、エイリアンがまた地球に攻めてきたら、どう責任を取るのですか」

「どうしてそれが私たちの責任なんです。すべての自由に責任が伴うというのは確かですが、この場合は明らかに違います。本質を見極めてください。人類が攻撃されるなら、それは攻撃するエイリアンの過ちでしょう。どうしてその責任を私たちに転嫁するんですか」

「……」

よくよく考えれば彼らの意見は正しかった。悪いのはエイリアンで、彼らではない。賢明な人々は別の表現を試みた。

「それは認めます。ごもっともです。それでは、お願いします。ただ額に手を当てさえすれば、みんなが安全でいられるのです。人類すべてが安心して暮らせるように、一度だけ助けてください。これは強要ではなく、自由を抑圧しようということでもありません。ただ、心からのお願いです」

賢明な人たちの願いに、一部の人たちはうなずいた。

「わかりました。人類のために、額に手を当てましょう。エイリアンに屈服するのではなく、人類を愛する気持ちで」

だが、全員が納得したわけではない。

「言い方を変えただけで、結局は個人の自由を抑圧してるんじゃありませんか。強要ではないとおっしゃいましたね？　それなら、私は額に手を当てません。それは私の持つ自由であり権利なのだから、絶対に押しつけないでくださいよ」

もどかしかった。議論を重ねれば重ねるほど感情的になるばかりで、解決方法は見つからない。額に手を当てたくない派は決して譲歩しなかった。腹立たしいことに、彼らの主張はすべて正当だった。強制的に額に手を当てさせるなら、それは弾圧にほかならない。

彼らの主張どおり、人間の持つ自由は、どんなことがあっても守られなければならない。

しかし、その〈どんなこと〉が人類の滅亡であったら、どうだろう。滅亡とまではいかなくても、多くの人が死ぬとしたら？　それは確かにエイリアンの罪だが、皆は額に手を当てなかった人々を怨《うら》むに違いない。

自由と種の保存のうち、どちらが人類にとってより重要であるかについて議論していた時、ある人が提案した。

「エイリアンが攻め込んできた時に、選別して殺してくれと頼んでみたらどうでしょうか。額に手を当てない人だけを襲ってくれと」

「何だと？」

「世界中どこでも人間のいる所にホログラムを出現させられるエイリアンの技術力をもってすれば、じゅうぶん可能だと思います。もし、エイリアンが額に手を当てない人のせいで怒ったら、エイリアンにお願いしてみましょう。額に手を当てていない人だけ襲って、他の人は許してくれと」

「なんて屈辱的な」

「自尊心より、命が大切でしょう」

額に手を当てる派は、その提案について真摯《しんし》に検討した。そしてすぐ決定を下し、手を当てない派の人たちに尋ねた。

「私たちはその提案を公式に採用するつもりです。もしエイリアンが攻めてきたら、額に手を当てた人は助けてくれ、当てていない人はどうなっても構わないと言うつもりです。いかがでしょう」

「とんでもない話だ。それは殺人にも等しい行為じゃありませんか」

「どうしてそれが殺人なのです。あなたたちを殺すのはエイリアンであって、生きようとした人たちが殺すのではないのに」

「……」

「自由には責任が伴うし、その責任はその人自身が負うべきです。他の人たちと分かち合うことはできません。あなたたちの自由に対する責任を、全人類が共に負うべき理由はまったくないのです」

「……」

議論はそこで終わった。両者の主張は、どちらも正しかった。個人の自由を保障するのも、個人がその責任を負うのも、正しかった。

今や、人々の関心事はただ一つ。今度エイリアンが来たら、彼らはどうなるのか。

「くははは！　野蛮な種族よ。さっさと額に手を当てろ！」

「……」

人々は額に手を当てた。だが、全員がそうしたのかどうかはわからない。

エイリアンは何の危害も加えずに地球を去った。

世は平和だ。

財産を隠せない世界

「**地球の文明は、どうしてこんなに遅れてるんだ。財産を隠すなんて！**」

地球を訪れたエイリアンは妙に差し出がましいことを言うと、自分たちの先進文明を地球にばらまいて去っていった。

「えええええ？」

「うわあああっ！　巨人だ」

人間が巨大化した。正確に言うと、財産をたくさん持っている人たちが巨大化した。

世界的な大富豪は大きなマンションみたいになり、ちょっと人気のある芸能人も、小さなアパートぐらいにはなった。

巨人になった金持ちたちのせいで建物が壊れ、人が傷ついたり死んだりして、世界は大混乱に陥った。

まったく世に知られていなかった人がものすごい大きさになったかと思えば、巨大化した赤ん坊の泣き声に耳を塞《ふさ》がなければならないこともあった。

やっとのことで混乱を収めた人々は、金持ちが財産の額に応じて巨大化したことに気づいた。中流程度までは何ともないのに、金持ちと呼ばれる人たちだけ段階的に巨大化したのだ。

身体が大きくなると、金持ちたちは戸惑った。

家に入れないから野宿しなければならなかったし、一回の食事に倉庫一つ分の食料が必要だった。小便は川のように流れ、大便はとんでもなく大きくて気味悪かった。普通の人たちとの意思疎通もしづらいし、身につけられる衣服や靴もなかった。スマホなど現代文明の機器も操作できない。

最もつらかったのは、見世物にされることだ。

「あんなに大きくなるなんて、よっぽど貯め込んでたのね」

「見ろよ、あの鼻の穴。まるで洞窟《どうくつ》だ」

「おい、お前ら、××が露出した時の写真見たか？　ふふふ、まるで……」

「うう〜。毛穴が気持ち悪い」

絶対多数の一般人は金持ちを不思議そうに見物した。身長十メートル以上になると、まるでバケモノだ。実際、バケモノみたいな事故もよく起こった。

巨人たちは横になって寝ただけでその一帯を焦土化し、排泄物で汚染した。

彼らが話せば、聞く人は鼓膜が痛くなった。いらいらして手を振っただけで建物が崩壊した。

ただ生きているだけで人に害が及ぶから、誰も近寄らなくなった。

有名タレントは大きすぎてテレビに出られないし、企業の経営者も仕事ができる状況ではなかった。

財力にものを言わせてテントを設営したり、服や靴を作ろうとしたりしたけれど、とうてい無理で、彼らが再び日常に戻ることは不可能だった。

しかしそんな中でも、三メートル程度の背丈になった人たちは優越感を持つようになった。

彼らは、多少不便だとはいえ文化的な生活をすることが可能だったし、人々に威圧感を与えることができた。非現実的な感じのする巨人よりも、そこそこ大きい彼らのほうが強いインパクトを与えた。人々は適度に大きくなった彼らを見上げてうらやましがった。

そのため、そこそこの金持ちは、わりに早く安定を取り戻した。

一方、身長十メートル以上の大金持ちは毎日が地獄だった。衣食住はもちろんのこと、趣味や仕事、人々との交流や性生活まで、何一つできない。

人々は、エイリアンが文明と呼ぶものを、多少は理解できる気がした。

「財産が多いほど社会から疎外されるってことだな」

実際、

「私の全財産を社会に還元いたします」

マンションみたいに巨大化した富豪は、財産を寄付したとたんに身体が小さくなった。寄付するふりをして、その金をこっそり隠したりはしなかった。そんなことをすれば、たちまち巨大化してばれてしまうからだ。

巨人生活に耐えられなくなった富豪たちは、次々と財産を寄付した。それでも三メートルほどの背丈は維持していたから、まだ金持ちではあった。

三メートルぐらいが適正な大きさとみなされ、金持ちはそれぐらいの財産は取っておいて、残りをすべて社会に還元した。

もちろん、すべての富豪がそうしたわけではない。

「ふん！　この世に金で解決できないことなどないんだ。疎外？　巨人同士で集まればいいじゃないか！」

彼らは莫大な財力を投じて巨人向きの家を建て、巨人向きの食品や衣服、日用品を作り始めた。

しかし、途中であきらめる者も少なくなかった。一カ所に閉じ込められる監《かん》獄《ごく》のような生活が、思ったよりつらかったのだ。

グルメ、ドライブ、スポーツ、飲み会、カルチャー、性生活など、あきらめなければならないことが、あまりにも多かった。

巨人同士で集まって暮らすというアイデアも現実的ではなかった。その場所に移動する手段もなかったし、彼らの間でも、それぞれ大きさに数メートルの差があった。

結局、ごく少数の富豪を除き、皆が財産を社会に還元した。

すると、社会に金が溢れ出した。想像もできないほどの額だった。寄付をしておいて、裏で実権を握ろうとする人もいなかった。すべてがほんとうの寄付だったし、その金で私腹を肥やそうとする人もいなかった。そんなことをすれば、すぐに露見する。

寄付金はすべて正しい用途に使われ、全人類が恩恵を受けた。約三メートルの金持ちのために使われることも多かった。

道路やドアなどを三メートルの人に合わせて造り直すぐらいのことは、社会でも容認された。

実際、三メートルの人たちは憧《あこが》れの的だった。テレビに出る芸能人の多くが三メートルぐらいだったし、人々の夢も、三メートル程度の金持ちになることだった。それ以上の巨人は非難された。五メートルを超えれば後ろ指を指されるような風潮が高まった。それで人々は大金をもうけても、自ら財産を調節した。

全体的に見ると世の中は確かに良くなってはいたが、問題点も指摘された。

「金持ちだというだけで不利益をこうむるなんて、ひどい話じゃありませんか」

「稼いでも全部奪われるなら、一生懸命働く人がいなくなります。とんでもないことだ」

「明らかに、不公平です」

　それは正しい指摘だったけれど、ほとんどの人は、どうでもいいと思っていた。エイリアンのやることだからどうにもしようがないし、巨人の状態を維持している金持ちも、現にいるのだから。

「これまで私たちは、人間関係を当然のことのようにみなしてきましたが、社会で人と交流するのには、それなりの費用がかかるのだと考えましょう。無人島で暮らしでもしない限り、財産にはそういう意味があるのです」

　何はともあれ、富の分配は成し遂げられた。もはや、一パーセントの人が九十パーセントの富を所有する世の中ではない。

　時間が流れ、身長五メートルぐらいまでは社会的に容認されるほど世の中が変化した頃。

　見知らぬエイリアンたちが地球にやって来た。

「地球は実に素晴らしい社会になりましたね。私たちは地球に移民を申請します」

「えっ？」

宇宙船から降りたエイリアンたちの背丈は、みんな三メートルだった。

そして地球には、身長三メートルの人たちが暮らしやすい環境が整っていた。

おまけ 暴れる巨人

「きゃあああっ！」

酒に酔った巨人が暴れて、都心は地獄絵図になった。

「俺の大きさこそは、俺が優越しているという証拠だ。この虫けらども。どうして俺がお前たちの顔色をうかがって暮らさなければいけないんだ！」

どしん！　どしんどしん！　どしん！

「俺はどこでも好きなように行けるぞ。虫けらども！」

彼は自分の巨大さを満喫しながら、手足を思い切り振り回した。塔《とう》のように巨大な男を制圧する手段はなかった。

死傷者が多数発生しても、彼は気にしなかった。どうせ低級な奴らだ。彼は暴れれば暴れるほど、気分が良くなった。

「くははは！　巨大さは力だ。これは俺の権力だ。お前たちみたいな貧乏人とは違うんだぞ。死にたくなければ道を空けろ！」

どしーん！

「きゃあああっ！」

軍隊でも来ない限り、彼の乱暴狼藉《ろうぜき》を止めることはできそうになかった。出動した警察も消防も、何の役にも立たなかった。むしろ彼を刺激して被害を大きくした。怪獣映画のようにミサイルを発射するわけにもいかず、退治してくれるヒーローも現れない。

「誰も俺を止められないだろう。くははは！」

彼が言うとおり、誰も何もできそうになかった、その時だ。

スーツを着た小柄な男が彼の前に立ちはだかった。その手には銃ではなく、一枚の書類があった。

「杜晳圭《ドゥソッキュ》会長！　街を破壊し、甚大《じんだい》な被害を与えた罪で緊急逮捕します！」

「何をほざいてる」

巨人が鼻で笑って男を踏みつぶそうとした時、彼が言った。

「あなたの全財産は、たった今、国家に押収されました」

巨人の身体が一瞬にして小さくなった。

「えええ？」

普通の大きさになった彼は、うろたえてあたりを見回した。

たくさんの人の視線を感じた。近づいてくる人々の、殺意を帯びた視線を。

だが、そんなことにはお構いなく、彼は叫んだ。

「返せ！　お、俺の金を返せ！」

新米悪魔との取り引き

「ちぇっ、金が何だってんだ！」

二十代の青年キム・ナムは半地下の部屋の壁にもたれて座り、焼酎《しょうちゅう》をラッパ飲みしながら嘆いた。金がないから、彼女が出ていった。貧乏とは、金とは、何なのだ。

ただただ死にたかった。

その時、奇跡のように声が響いた。

「人間、つらいのか？」

「？」

ナムの目前に、黒い服を着た男が現れた。

「だ、誰だ？」

「俺は悪魔だ」

ナムの目にも、本物の悪魔に見えた。人間のようでいて、どこか異質だ。

悪魔は怯えているナムを冷淡な顔で見下ろしながら威圧的な口調で言った。

「人間、俺と契約しろ。お前の望みは何でもかなえてやる。その代わり、お前の魂をよこせ」

ナムは驚きのあまり、何も言えなかった。悪魔が無表情なのが、とても怖かった。ところが悪魔の顔は、少しずつ震え始めた。

「……ぷはーっ！」

悪魔はこらえていた息を吐いた。そして急に泣きそうな顔になって、さっきとは全然違う口調で話し始めるではないか。

「う〜、緊張した！　ねえ、牛黄清心元《ごおうせいしんげん》持ってない？　う〜、心臓がどきどきする」

ナムの目が、さっきとは違う意味で丸くなった。悪魔が、漢方薬？

悪魔は震える手をなでながら、ぶつぶつ言い始めた。その姿には威圧感のかけらもなかった。

「初めてなんだ。俺、仕事するの初めてなんだよ。うう〜緊張するな。実際に人間を見るのも、お前が初めてだ。最初の契約に成功しないと、まともな悪魔活動ができるようにならないんだよ。だけど、緊張しちゃって。どうしよう。契約して、お前の魂を持っていかないといけないんだけど……。うまくできるかな。うーん。どうだろう。俺、ちゃんとできるかな？」

「……」

ナムは、何だか少し、ほっとした。悪魔は床に座り、両手で顔をなでて緊張をほぐそうとした。

「うう〜。気持ちが落ち着かない。自信を持たないといけないのに……。ふう、俺はできる、俺はできる……」

「……あのう」

「え？　あ、ああ。そうだ。何か望みを思いついたか？　何でも言ってみろ。全部かなえてやるから。後でお前が死ぬ時に魂を渡してくれればいい。うわあ、うまくやらないといけないんだけど、できるかな。うまく魂を持っていけるかな。うむ。できるかな。ああ」

「……」

悪魔はナムに話す隙も与えず、一人でしゃべっていた。

ナムは完全に緊張が解けてしまった。すると、言うべき言葉がはっきりと思い浮かんだ。ナムは大胆にも、一人でぶつぶつ言っている悪魔の肩をたたいて尋ねた。

「ほんとうになんでもかなえてくれますか？　例えば、一攫千金《いっかくせんきん》みたいな……」

「金？　もちろんだよ！　金が欲しいのか。金か。それだけでいいのか？」

悪魔は興奮しすぎているように見えたが、ナムはうなずいた。

「はい、お金です。お金さえあれば、僕はこんな生き方はしなかった」

「そりゃいい！　じゃあ、俺が金をやるから、お前は死ぬ時に魂をくれ。契約だ。それでいいな？」

ナムは悲壮な顔でもう一度確認した。

「ほんとうにお金をくれるんですね？　小さな額ではなく、数十億、数百億ウォンもらえますか？　それなら僕は自分の魂なんか、いくらでも売ってあげますよ。魂なんかより、僕は今生きているこの現実で、お金が……」

「契約するんだな。するって言ったよな？　契約成立だ。もう、契約したんだよ。

俺とお前、悪魔と人間とが、契約したんだ。今。やった！　ついに、初めて契約が取れた！」

「……」

ナムの悲壮な決意に耳を傾けもしていなかった悪魔が、浮かれて立ち上がった。そして手の甲をナムの方に差し出すと、そこに金色の星の模様が浮かんだ。

「うっ！」

手の甲に痛みを感じたナムは、手を持ち上げた。そこにも金色の星印がはっきりと輝き、やがてあまり目立たない程度に落ち着いて、うっすらとした痕跡《こんせき》が残った。

ナムが驚いて悪魔を見ると、悪魔は大きな仕事をやり終えたように、微笑を浮かべてひとりごとをつぶやいていた。

「ひゅ～。できた。できたぞ。たいして苦労しなかったな。俺は、ちゃんとやれると思ってたんだ」

「あの、それで、これからどうすれば……」

「お前の願いはかなう。じゃあ、お前が死んだらまた来るよ。金持ちの人生を楽しんでくれ！」

「え、あの、ちゃんと説明して……」

ナムは叫んだけれど、悪魔はすでに姿を消していた。

「……」

ナムは少し戸惑いながらも、胸がときめいた。さっきまでは金がなくて死にたいと思っていたのに、これからは大金を手に、楽しい人生が送れるかもしれない。

青白かったナムの顔に、血色が戻った。

＊

「いったい、どんなふうに金をくれるんだ」

数日過ぎたのに、何も起こらない。ナムは相変わらずコンビニのアルバイトをしていて、金がないからおにぎりしか食べられなかった。

五万ウォン貸したきり連絡がなかったチェ・ムジョンから電話があっただけだ。金を返すから、今すぐ会おうと。

約束場所に現れたムジョンは、ナムを見たとたん、こんなことを言った。

「五万ウォンを倍にして返してやるよ。その代わり……ソウルに行く電車賃を貸せ」

「何だと」

ナムはむかっとした。この野郎、何を言ってるんだ。大声を上げようとした時、ムジョンが言った。

「お前だけに言うが……俺、ロトの一等に当たった」

「え、ほんとか」

ムジョンは財布からロトのくじ券を出し、スマホの画面に当籤番号を出してナムに見せた。ナムは、これ以上大きくできないほど目を大きく見開いた。

「ほ、ほんとに一等だ！」

「そうだ。だから、ソウルに行く電車賃を貸してくれ。急いでるんだ。頼めるのはお前しかいない」

その瞬間、ナムは深刻な顔になり、そっと尋ねた。

「お前、ひょっとして……悪魔と契約したのか」

「馬鹿なこと言ってないで、さっさと電車賃を出せ。俺は急いでるんだぞ」

「……おい、この野郎、僕も今、一文無しだ！」

腹を立てながらもナムの頭の中は、ある思いでいっぱいになっていた。

ロトを買わなきゃ。

*

「五万ウォン？」

ナムは、手にしたロトの番号を確認した。数字が四つ合っている。四等。当然、一等が当たると思って一週間幸せな気持ちで暮らしていたのに。

「どういうことだ？」

おかしい。五万ウォン当たったのも初めてだったけれど、なぜ？　なぜ一等ではなく、五万ウォンなんだ？

ナムは何げなく自分の手の甲を見た。星印が見えない。その瞬間、疑った。

僕は、酔っぱらって夢を見ていたのだろうか。契約も、悪魔も、すべて夢だったんじゃないのか。

ナムは顔をしかめた。夢にしては記憶があまりにも鮮明だ。ではなぜ、これまで何も起きていないのだろう。

混乱した。夢か。現実か。夢か。現実か。

ナムは五万ウォン当たったくじ券を見ながら悩んだ。この五万ウォンでもう一度ロトを買うか。現金に換えるか。

ナムにとって五万ウォンは大金だ。米を買えば、ひと月は食べられる。

ナムは今、重要な分かれ道に来ていると思った。

もう一度、幻のような記憶を信じて一攫千金を狙《ねら》うか。米を買って一カ月食いつなぐか。

葛藤《かっとう》した末に……。

「えい、米を買おう」

貧しい人々は、いつもそういう選択をする。段ボール箱いっぱいのラーメンであれ、ひと袋の米であれ、家に食べ物がありさえすれば安心するのだ。

ナムは結局、現金に引き換えて米を買いにいった。

＊

「やっぱり夢だったんだな」

日払いで引っ越しセンターのアルバイトをしている時、少し休憩を取ったナムが、手の甲を見てつぶやいた。そこには星印などなかった。額の汗を拭《ぬぐ》った形跡だけがあった。

悪魔との契約など、やはり夢だったのだ。あれが現実だったなら、ひと月以上もこんなふうに貧しく暮らしているはずがない。

ナムが苦笑していると、引っ越しセンターの社長の声が聞こえた。

「おい！　二階に上がって食事しなさい。うどんができたぞ」

「あ、はい！　うどん、いいですねえ」

ナムの表情が明るくなった。うどんはおいしいから。

＊

「一生懸命生きた。最善を尽くした。残念だけど、僕は一生懸命生きたんだ」

ナムは、自分の遺体を見下ろして苦笑いした。事故で死ぬとは意外だった。がんか何かで死ぬだろうと漠然と思っていたのに、自動車事故とは。妻子が受けるショックを思うと胸が痛かった。

それでも後悔はしない。一生懸命生きたのだ。ナムは無理に笑った。四十四年の人生を、ほんとうに一生懸命生きてきたし、無一文から出発して、たくさんのものを得て、たくさんのものを残したと思う。その時、声がした。

「この馬鹿野郎！」

「え？」

ナムの目の前に、悪魔が荒い息をしながら現れた。

「どちら様ですか」

「たわけ者めが！」

悪魔は、はあはあ言いながら手の甲を突き出した。

「うっ！」

ナムの手の甲に痛みが走った。自分の手の甲に星印が出たのを見て、ナムが言った。

「あ……あなたは」

「やっと思い出したか。間抜け。お前のせいで、俺は。ああ！」

何をそんなに怒っているのか、ひどく興奮して歯ぎしりをしている悪魔を見て、ナムは眉をひそめた。そして昔の記憶を取り戻すと、腹を立てるのは、むしろ自分のほうだと思った。

「そ、そうだ。お前、僕に大金をくれるって約束しただろ」

「やったじゃないか。とんちき！　お前に何度、チャンスを与えたと思ってる！」

その瞬間、ナムが怒りを爆発させた。

「何のことだ。チャンス？　俺がこれまでどんなに苦労してきたか、知ってるのか。死ぬまで家を買うことすらできなかったんだぞ。あぶく銭を手にしたこともない。一生懸命働いて食ってきたんだ」

ナムは、ほんとうにあきれていた。何の得をすることもなく、ずっと苦労しながら生きてきた。悪魔が、いったい何をくれたというんだ？

「あほうめ。俺が一つ一つ教えてやろうか。おい、お前の友達がロトの一等に当たったことがあるだろ」

「ああ、そうだ。ムジョンの奴。そんなことがあった。それがどうした？」

「この、おたんこなす！　あの時、ロトのくじ券を奪って逃げればよかったのに」

「……何だと？」

ナムは呆然とした。

「それだけじゃない。銀行に行った時だ。あの時、一人のばあさんが振り込め詐欺に引っかかりそうなのを、お前が防いでやっただろ。あの時、うまいことを言って通帳を奪えばよかったんだ。あのばあさん、キムパプ（＊）を売って何億ウォンも貯めてたんだぞ」

「……え？」

「それから、道に迷った女の子を警察に連れていって、親に引き渡したことがあったな。あの子は金持ちの一人娘だ。誘拐して金を要求すりゃよかったんだ。何十億

ウォン手に入れるチャンスだったのに。腰抜け野郎め」

「……」

「現金輸送車が事故を起こした時、一一九番に電話したな？　ぼんくら！　それに、金持ちのばあさんが、お前のことが気に入って追いかけ回しただろ。いったん結婚して、殺さなきゃ。それから……」

「……」

ナムはただ、あっけにとられていた。悪魔の話を黙って聞いていたけれど、とうとう我慢が限界に達した。

「おい、この野郎！」

「え？」

「ふざけるな。そんなの、願いをかなえたことになるもんか。こ、この野郎！　お前、ほんとに悪魔か？　悪魔のくせに、なんてざまだ。そんなことをしてどうするんだ、こんちくしょう！」

ナムが血走った目でにらみながら強い態度に出ると、悪魔の態度が変わった。

「ど、どうしたんだよ。金って、もともとそんなふうに手に入れるものじゃないのか？　俺たち悪魔はみんな、そうやって人のものを奪うのに……」

ナムは激怒した。この悪魔は、人間と悪魔の基本的な違いすら理解していなかったのだ。この新米悪魔がちゃんと仕事をしていたら、自分の人生はどうなっていただろう。ずいぶん違っただろうか。

「ひょっとして、俺が何か……間違ったことをしたのかな。人間と契約したのは初めてだったから……」

「こいつめ」

しょげた悪魔は、弁解するように小声で言った。

「お前がまじめすぎるんだよ。たくさんチャンスをつくってやったのに……横領、誘拐、強盗……お前は、どうしてそんなに正直に生きてきたんだ？」

「……」

ナムはあきれて何も言えなかった。だが、ゆがめていた表情は少しずつゆるみ、いつしか悪魔の言ったことを考えていた。

「……ちくしょう、まったくだ。僕はどうして、あんなに一生懸命生きたんだろう」

ナムは改めて自分の遺体を見下ろしながら、胸が詰まるのを感じた。必死で生きた人間はあんな顔をしているんだな。

「死んでしまったのに、今さら、それが何だってんだ。もういい」

振り払うように息をついたナムが、悪魔に言った。

「それじゃ、お前はろくな仕事もしなかったくせに魂を取りに来たのか。恥ずかしげもなく。この野郎」

するとと悪魔は泣きそうな顔で答えた。

「そうだよね。やっぱり、駄目だよね。もしかして……このまま、もらえないかな？」

「何だと、こいつ。何もしてくれないのに、やれるものか。詐欺師《さぎし》め」

悪魔は泣き顔になって考え込んだ。

「えい、そんなら、やり直すから、今度はちゃんと受け取れよ。わかったね？」

「どういうことだ」

ナムがうろたえていると、悪魔の手の甲が光った。

「あれ？　うわわわわ」

身体が吸い込まれるような感覚があり、ナムは気を失った。

＊

「くうっ！」

ナムは、やっとのことで目を開けた。身体のあちこちがひどく痛い。

「あれ？」

車の中。事故に巻き込まれた、あの車の中だ。確かに、頭に重傷を負って死んだはずだが……。バックミラーに映った頭は、何ともなかった。

「……あいつめ」

ナムはすぐに手の甲を見た。星印が消えかけていた。

「は……はは……」

うれしいのか、驚いているのか、何とも言えない表情を浮かべたナムは、とにかく車のドアを開けて外に出た。

ナムは、高速道路で横転したトラックに自分の乗っていた車を押しつぶされて死んだはずだった。

横転したトラックに近づくと、運転席で運転手がうなっていた。

「もしもし、大丈夫ですか？」

「うう……」

意識が朦朧としているように見えていた運転手が、突然口走った。

「た、大変だ！　荷台に積んだ古美術品に傷がついたら困る。何十億ウォンもの値打ちがある美術品なのに」

「……」

ナムは思わず、ぷっと噴き出してしまった。そして空を見上げて言った。

「この野郎」

ナムはポケットからスマホを出し、一一九番に電話をかけた。

「もしもし。消防署ですね？」

ナムの耳元で、こんな言葉が聞こえたようでもあり、聞こえなかったようでもある。

「うわ！　お前、何をしてるんだ。馬鹿！」

＊キムパプ：韓国ののり巻き

部品を求める妖怪

ある日の朝、部品を求める妖怪が現れた。

人っ子一人いない野原でのことだ。

三メートルもあろうかと思われる妖怪の身体は純白で、巨大な藁束《わらたば》を立てたような形だった。

その藁束の隙間から白い腕が三本、にゅっと突き出てきた。一本の腕には手のひらがあり、もう一本の腕には手のひらの代わりに目がついていた。三本目の腕には口があった。

目のついた腕と口のある腕が空に向かって伸びた。そして空で口が開いて、言葉を発した。

「俺の機械が故障した。部品が必要だ」

その瞬間、全人類の頭の中に妖怪の声が響いた。

今度は目が開いて、全人類の頭の中に、妖怪のいる野原の風景が浮かんだ。目をつぶると、いっそう鮮やかに見えた。

全人類がパニックに陥った時、妖怪がまた人々の頭の中でしゃべった。

「岩を削る機械の部品が古くなって壊れた。機械が使えないから、岩がやたらと育っちゃって、俺んちの庭が荒れ放題なんだ。新しい部品がいる」

人々は、妖怪が何を言っているのか、さっぱり理解できないでいた。すると妖怪は、藁束の中から岩を削る機械を取り出して見せた。

人類は頭の中でその機械と称する物を見てぎょっとした。人間のような形をした、ビルみたいに巨大で真っ赤な筋肉の塊が直立歩行していたからだ。

「人間どもよ！　この機械の太ももに合う部品が必要なんだ」

なるほど、奇怪な生命体は片方の太ももの内側がぼこっとへこんでいた。

それをなぜ機械と呼ぶのかはさておき、部品をどうやって手に入れようというのだろう。

「お前たちのうち一人に、部品になってもらう」

その言葉を聞いて人間たちは、あぜんとした。人間を部品にする？　あの太ももの？

人々が落ち着きを取り戻す暇もなく、妖怪は、手のひらのある腕を空に伸ばした。

妖怪が空中でパチンと音を立てて指を弾くと、

「あっ！」

「うわっ！」

全人類の額の前に、青い炎が灯った。

人々は驚き、手を振り回して炎を消そうとしたけれど、消えなかった。妖怪が炎の正体を明らかにした。

「機械にぴったり合う部品を探さないといけないからな。条件をすべて満たす人間を部品として使う。まず、あまり重すぎては駄目だ。六十五キロぐらいが適当だ」

妖怪がまたパチンと指を弾くと、体重が六十五キロではない人たちの額の前から炎が消えた。

大多数の人々はほっとしたが、体重六十五キロの人たちは泣き顔になった。

「身長が高すぎても低すぎてもいけない。百七十センチぐらいがちょうどいい」

パチンという音とともに、多くの人の炎が消えた。

炎が消えて、今やこの状況がひとごとになった大多数の人々は、いささかの余裕をもって事件を見守った。もちろん、まだ炎が灯っている人たちの顔はゆがんでいた。

「髪の毛が長いと、機械がくすぐったがるかもしれない。ハゲ頭がいいな」

ハゲていない人たちの炎が消え、あちこちで安堵のため息が聞こえた。

「手足の爪が長すぎても、機械がいやがるだろう」

手足の爪をろくに切っていない人たちは、胸をなでおろした。

「ああ、そうだ。年寄りだと、すぐに故障するかもしれない。三十歳以下が好ましい」

また多くの人の炎が消え、青い炎がついている人は少数になった。

「そうだ、ぴったりだ。お前たちが俺の機械に合う部品だ。いちばん近くにいるのは、どいつかな」

その瞬間、空に浮かんでいた妖怪の手が消え、青い炎が灯っている人のうちの一人をつかんで戻ってきた。

「うわっ！　ああっ！　あっ！」

体重六十五キロで身長百七十センチ、ハゲ頭の二十八歳の男が悲鳴を上げた。妖怪は彼をひっくり返しながら点検し、満足げな顔をした。

「これでいい。すぐに帰って庭の岩を削ってみようっと」

妖怪は岩を削る機械と人間部品を持って消えてしまった。

同時に全人類と妖怪とのリンクが切れ、残っていた青い炎もすべて消えた。

人々は騒ぎ始めた。

全人類が視聴率百パーセントの生中継を見ていたように、世界中で妖怪の事件が話題になった。

「ああ、びっくりした。それはそうと、あの人、ほんとに運が悪いね。よりによって、全人類の中の一人に選ばれるとは」

「人間を部品にするなんて。いくら妖怪だとはいっても……」

「あの人はこれからずっと、一個の部品として生きていかなければならないの？　かわいそうに」

「いっそ死んだほうがましだよ。俺は絶対にあんなバケモノの部品になんかならないぞ」

ほとんどの人は、妖怪の部品になった人をかわいそうだと思った。

そんなふうに朝から妖怪のせいで全世界がひとしきり騒いだけれど、やがて人々は各自の生活に戻った。

その日は平日で、たいていの人は仕事があったからだ。

人々はいつものように歩いたり、手を動かしたりしながら、毎日やっている仕事をした。人間が一人いなくなっても、社会はちゃんと動いていた。

いっぽう、政府当局とマスコミ関係者は妖怪について調査するため、野原に出かけた。彼らは妖怪と機械が残した痕跡を探して取材した。妖怪の痕跡に関する研究が始まった。だが、その日の夕方、再び驚くべき事件が起こった。

部品として連れ去られた男が、突如として野原の真ん中に戻ってきたのだ。

妖怪の痕跡を研究していた人たちが、驚いて駆けつけた。どうやって帰ってきたのかと尋ねると、彼は自分でも訳がわからないらしく、どぎまぎしながら言った。

「今日の仕事はこれで終わりだと言われて……」

「？」

仕事が終わったって？　人類は戸惑った。機械の部品に使うといって連れ去った人間を、帰してくれるのか？

もっと驚いたことに、彼は日当をもらっていた。

妖怪は、日当として大人の握りこぶしぐらいの金塊をくれたという。

「なんと！」

妖怪の部品になるのは、つらい仕事ではなかった。彼の表現によれば、まるで羊水に浸《つ》かっている胎児みたいに安らかだったそうだ。奇妙な生命体の太ももにはめ込まれてじっとしていれば、いつの間にか仕事は終わり、金塊とともに家に帰れる。なんと素晴らしい職業だろう。

まる一日、話題の中心になった男は翌日、自分から野原に出勤した。

野原に現れた妖怪は彼を見て喜んだ。

「おお、人間部品よ。来てたのか。そう、昨日削り残した岩を削らなきゃな。早く行こう」

妖怪はさっと彼を持ち上げて消えた。

こうなると、人々の態度は百八十度変わった。

「あの人、なんて運がいいんだ。全人類の中からたった一人選ばれるとは」

「金塊をくれるなんて。いくら妖怪だとはいっても……」

「これからずっと妖怪の部品として暮らしていけるなんて、うらやましいな」

「俺なら、死んでも部品の仕事を明け渡さないね。何が何でも体重を維持するよ」

そんなふうに朝から大騒ぎしたけれど、少し時間が経つと、人々は各自の生活に戻った。

その日も平日で、たいていの人は仕事があったからだ。

人々はいつものように歩いたり手を動かしたりしながら、毎日している仕事をした。

ところが妙なことに、前日とは違った。人々は一日中彼の話をした。

妖怪の部品になった男に比べ、自分たちがみじめに思えた。彼がうらやましかった。彼のように特別な存在になりたかった。

「俺はあくせく働いてもほんの少ししか稼げないのに、あの人は毎日楽々と金塊をもらってくるんだよな」

るそうよ」
「世界一の有名人になったじゃない。テレビ番組がゲストに呼ぼうと必死になって
「妖怪世界を見物できるんだろ？　神秘的で、刺激的だろうな」
妖怪の部品になった人は、一日にして全人類の憧れと羨望《せんぼう》の的になった。
その日も彼は無事に金塊とともに戻ってきたし、その次の日も、次の次の日も、
妖怪の部品として楽な仕事をした。そのうえ、週末には休日もあった。
だが彼の幸運は、長くは続かなかった。男は週末の休みを取っていた時に、自動
車事故に遭った。
月曜日、彼を訪ねてきた妖怪は、いら立ちをあらわにした。
「あれ？　人間部品に傷がついてるじゃないか。体重も減ったな。ちくしょう、新しい部品を探さなきゃ」
妖怪は再び三本の腕をアンテナのように伸ばして人類をスキャンした。そして最
初の日と同じように、条件に合う人の中から一人をつかんだ。
捕まった人は、恐怖よりも期待で胸がいっぱいになった。
「あ、ありがとうございます」

「うん、ちょうどいい。新しい部品にぴったりだ」

妖怪は新しい部品を連れて妖怪世界に行った。それを見ていた人々は思った。もし部品が条件に合わなくなったら、別の誰かが妖怪の部品になれるかも。

それ以来、たくさんの人が、妖怪の条件に合わせる努力を始めた。身長百七十センチの人は体重を六十五キロに調整し、体毛は全部剃《そ》って、手足の爪もきれいに切った。

そうして条件に合うようになった人たちは、毎朝野原の近くに集まった。

数日後の朝。

「あれ？　人間部品はどこに行った？　え、何だ？　死んだのか？」

二番目の部品は、夜の間に何者かによって殺害されていた。

人類は考えた。犯人は、条件に合うよう努力していた人のうちの誰かだろう。しかし、妖怪にとってはどうでもいいことだ。

「くそっ、新しい部品がいるな。さて。あれ、何だ？　どうしてこの近くに集まってるんだ？」

人々は妖怪に近づいた。

「妖怪様！　私を部品にしてください」

「いいえ！　私のほうが部品にぴったりです」

「私は眉毛まで剃ったんですよ、妖怪様！」

「え？　人間どもが、何でそんなことを言い出す？　変だな……。まあ、どうでもいいや。えーと、お前だ！」

妖怪はたくさんの人の中から一人をさらって妖怪世界に消えた。残された人々は悔しがった。

数日後。

「あれ？　また死んだのか？　人間どもよ、お前たちひょっとして今、戦争でもしてるのか？　どうしてこんなによく死ぬんだ？」

さらに数日後。

「なんてこった！　人間はよく死ぬんだな。今度は丈夫な奴を選ばなきゃ」

数日後、数日後、数日後、数日後……。

「あれ、人間部品って、もともと使い捨てだったっけ？　何回使えるんだろう。お前たちって、ひどく虚弱だな」

それでも心配はなかった。使い捨ての部品になりたがる人間はいくらでもいた。

「まあ、構わないさ。どうせ俺は当座使える部品さえ手に入ればいいんだから。さて、今日はどれにしよう?」

「妖怪様、私を……」

「いえ、私を……」

「私が……」

身長百七十センチ、体重六十五キロ、ハゲ頭、手足の爪は短い。

身長百七十センチ、体重六十五キロ、ハゲ頭、手足の爪は短い。

身長百七十センチ、体重六十五キロ、ハゲ頭、手足の爪は短い。

身長百七十センチ、体重六十五キロ、ハゲ頭、手足の爪は短い。

身長百七十センチ、体重六十五キロ、ハゲ頭、手足の爪は短い。

まったく同じ条件を備えた、数えきれないほどの人間が、まったく同じ部品になろうと、まったく同じ所に押し寄せた。

機械の部品になるために。付属品の一つになるために。

南極に行きたい妖怪

南極に行きたい妖怪が現れた。

どうして南極に行きたいのか、その理由は妖怪自身の口から明かされた。

「暑い！　暑い！　暑くて死にそうだ！　人間どもよ、南極ってどこだ？　ちょっと教えてくれないか」

妖怪の姿を目撃した人は、もちろん悲鳴を上げて我先にと逃げ出した。

四車線道路の上に突然現れた、ビルのように大きな妖怪は、真っ白でピーナッツみたいな形をしていた。

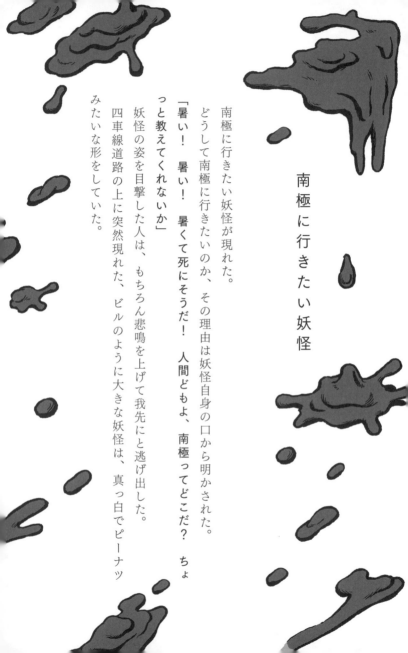

身体の大きさに比べて細すぎる手足、でこぼこの肌、一つしかない巨大な目、巨大な鼻の穴。はあはあと息をする口からは、二枚の長い舌が地面に届くほど垂れ下がっていた。

そのうえ雨に濡《ぬ》れたみたいに全身に黒い汗をかいていて、その汗が足元で水たまりを作っていた。

「うう。暑い。人間どもよ。人間の世界に南極という氷の地があるんだって？　どこにあるのか教えてくれよ。ねえ」

「きゃあああ！」

妖怪は大きな身体を左右に揺らしながら、いろいろな所で道を聞いたけれど、人間たちは悲鳴を上げて逃げ回るばかりだった。

妖怪が身体を揺らすたびに黒い汗があちこちに散った。あまりにも汗をたくさんかくので、妖怪の周辺は黒い汗でまだら模様になった。

「南極がどこにあるのか、誰も知らないのか？　あたりいちめん氷でできた天国らしいんだが。誰も知らないのか？」

悲鳴を上げて逃げ回る人間を見た妖怪は、落胆して道路を歩き始めた。

「歩いていったらそのうち着くかな。うう〜、暑くて死にそうなのに！　人間どもよ、南極がどこなのか、ほんとに知らないのか？」

妖怪は細長い足ですたすた歩きながら、何度も何度も南極へ行く道を尋ねた。

そうしているうちに、世界中に妖怪に関する緊急速報が出され、警察と軍隊が出動した。すると、誰かがある事実を発見した。

「ちょ、ちょっと待て。あれ、石油じゃないか？」

妖怪が流し続けている黒い汗は、まさに石油だった。妖怪は実に多くの汗を流していた。妖怪が歩いた跡に石油の小さな流れができるほどだった。

「人間どもよ、南極はどっちだ？　こっちか？　でな

きゃ、こっち？　ふう、暑すぎるんだってば」

妖怪を攻撃するために集まった兵士たちも、ためらっていた。

「あんなにだらだら石油を流しているのに、うっかり攻撃して爆発でもしたら大惨事になります！」

いまや、妖怪が通った跡に火災が発生することのほうが心配だった。

兵士たちがどうすればいいのか迷っている時、妖怪は大きなビルにくっついて、窓の内側にいる人間に聞いていた。

「お前たち、南極がどこだか知ってるか？　あたりいちめん氷でいっぱいの所だ」

「きゃあああっ！」

妖怪の立ち止まっていた所に石油の汗がいっぱい溜《た》まり、逃げ出した車どうしがそこで衝突して燃え広がってしまった。

「た、大変だ。早く消防車と消防へリコプターを呼べ！」

妖怪を取り囲んでいた軍隊が事態を収拾しようとした、その時。

「ただでさえ暑いのに、そのうえ火が燃えてるのか？　くふん！」

ざああああ！

妖怪が白い鼻息を出すと、燃え広がった火が一瞬にして消えた。

「うう、暑い、暑い！　人間どもよ、南極がどこにあるのか、ほんとに誰も知らないのか？　誰か教えてくれよ」

妖怪は再びやみくもに道路を歩き始めた。

妖怪は道路を歩きながら石油の汗を振りまき、たまに引火すると鼻息ですぐに吹き消しながら、人間に南極へ行く道を聞き続けた。

人々は次第に落ち着きを取り戻した。軍の代表が妖怪の前に立ちふさがって話しかけてみた。

「あ、あなたは何者ですか」

「俺か？　俺は妖怪世界から来た妖怪だ。ところでお前、南極はどっちに行けばいいのか知らないか？」

「目的は何ですか。どうして南極に行こうとするのです」

「俺は暑いのがほんとに苦手なんだ。南極には氷がいっぱいあるそうじゃないか。そんな素晴らしい所が存在するなんて！　絶対、行ってみたい」

「それだけですか？　ただ単に、南極に行くだけ？」

「うん、それだけだよ。お前は南極がどこか知ってるか？　どっちに行ったら南極に着くんだ？」

「うーん、たぶん、あっちかな？」

代表が何となく一方を指さすと、

「わあ！　あっちか。ありがとう」

妖怪はうれしくなってその方向に歩き出した。

代表はあわてたけれど、妖怪を止めることはできなかった。

妖怪をどう取り扱うかについての会議は、とりあえず様子を見てみようという結論を出した。そしてそう決定すると、人間たちは他のことを考える余裕ができた。

「石油があれぐらい流れるのなら、じゅうぶん回収して使えるぞ」

その判断と実行は、思ったより早くなされた。

当局はマスコミを通じて人々を落ち着かせ、妖怪が流した石油をかき集める方法を研究し、実行した。

人々は石油の量が多いことに驚き、すぐにある結論に達した。

「妖怪の流す石油の量は膨大です。何がなんでも妖怪をわが国に引き止めておくべきです！」

しかし、慎重な意見も出された。

「どうやって？　妖怪について何の情報もない状況で、妖怪に強制することはできません。何かあったら、どうするんです」

その時、ある人が名案を思いついた。

「妖怪を……ぐるぐる歩き回らせてはどうでしょう？」

「ぐるぐる？」

「妖怪は南極を探し歩いているのです。だから、妖怪に南極の方向を教えるふりをして、国内をずっと歩かせるんです」

人々は、ちょっと不安な気もしたが、その案に賛成した。

「うう、暑い！　いつ南極に着くんだ。暑くてたまらん」

「妖怪様！　南極はあっちです」

「え？　こっちじゃなかったのか？」

「はい！　南極はあっちですよ」

「そうか。ありがとう。あっちに行けばいいんだな」

人々は妖怪をコントロールすることに成功した。

妖怪の近くには、妖怪の流した石油の汗を効率的に回収する作業班と、万一の事態に備える軍隊、消防隊が常に従った。

彼らにとって妖怪は大切な、歩く油田だった。妖怪がいるだけで国家経済が大きく回復した。これからの展望はさらに明るかった。

ところが……。いつものように妖怪の進む方向を変えていたある日。

一人の女の子が妖怪の前に立ちはだかった。

「妖怪のおじさん。南極はこっちですよ」

「え？」

女の子は自分の身体と同じぐらい大きな紙を、ぎこちなく広げた。大きな画用紙にクレヨンで描いた、簡単な地図だった。

「妖怪のおじさん、南極は、ここです。この地図の、ここが海で、ここからここが

「……」

「あの子をつまみ出せ！」

人々はあわてて少女に駆け寄ったけれど、妖怪の細い腕は、すでに地図をつまみ上げていた。

「あっ！」

「ふむ、なるほど。そうか。南極はあっちだな。ありがとう」

妖怪が向きを変えた。南極に行く正しい方角だ。

「し、しまった！」

人々はあわてた。

「妖怪様！　違います。南極はそっちじゃありません。こっちに行かなければ！」

「さて、何だかよくわからん。俺はこの地図のとおりに行ってみるよ」

「そんな！」

人々が何を言っても、妖怪は女の子の描いた地図を見て歩いた。

このことが知れると、女の子に対する非難が全国から殺到した。

「馬鹿な！　いったい何を考えてそんなことをしたんだ」

「あの子のせいで、今、国家経済が破綻《はたん》しかけているのですよ！」

口にするのもはばかられるような悪罵と脅迫が少女に向けられた。そうした事

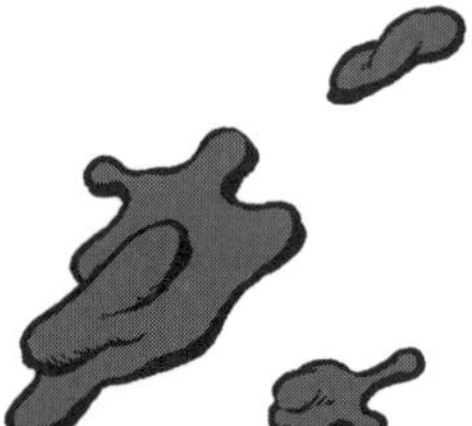

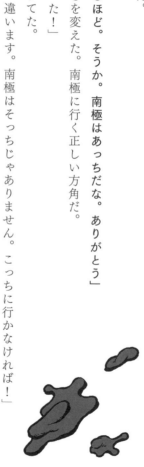

態を憂慮する人もいた。

「少女はただ、妖怪のためを思って教えてあげただけです。少女の素直な気持ちを罵《ののし》ってはなりません！」

「素直な気持ちだと？　素直な気持ちが飯を食わせてくれるってのか。経済をどうする。今、この莫大な損失をどうしてくれるんだ！」

「あのガキのせいで、私が投資した資金がぜんぶ吹っ飛んだんだぞ。素直な気持ちなんて、くそくらえだ！」

「ちくしょう！　車のガソリンがちょっと安くなりそうだったのに。いやな子供だ！」

「あの子がすべてを駄目にしたのよ。法的な責任を問うべきじゃない？」

「あんな奴、殺して……」

人々の激烈な怒りの中で、少女は一歩も家の外に出られなくなった。少女の家に汚物が投げられ、殺すと脅迫する人まで現れた。

少女の両親が警察に保護を要請しても、聞いてもらえなかった。ほとんどの人が少女を罵り、少女の素直な気持ちを理解してくれる人はごく少数だった。

その頃、妖怪は海の近くまで来ていた。人々は最後の手段として、強制的に妖怪を引き止めようとした。しかし……。

「何だ？　お前たち、どうしてそんなことをする。俺は南極に行くんだ。そこをどけ！　くふん！」

「うわわわっ！」

妖怪の鼻息一つで、周囲のすべての物が遠くに吹き飛んでしまった。

そして驚いたことに、妖怪は細い脚で海の上をとことこ歩いていった。

「水があると、ちょっとましだな。それでも暑い。早く南極に行きたいな」

人々は完全に妖怪を逃してしまった。船とヘリコプターを動員しても、妖怪を攻撃しない限り行く手を阻《はば》むことはできない。それに、妖怪に危害を加えることが可能なのかどうかも未知数だ。

妖怪を失ってしまったその日、少女に対する人々の怒りは極限に達した。

少女は学校にも行けず、友達に会うこともできなかった。ただ家の外から聞こえてくる非難と脅迫の声を聞いて、毎日泣いて暮らした。

人々は、少女の人生は終わったと思った。

素直な少女は、この世でいちばん間抜けで、考えが浅く、罵られても当然の、死に値する罪人になっていた。

そして妖怪は、ついに南極に着いた。

「わあ、すごい！　あたりいちめん氷だ！　うわあ！」

氷の地面を見て浮かれた妖怪は、いつのまにか黒い汗が止まり、真っ白い肌を見せて氷の上で転がり回った。

妖怪を追跡していたメディアがその姿を全世界に生中継した。

人々は黒い汗を流さない妖怪を見て、これから妖怪をどう扱うべきか考えた。

その時、妖怪は、持っていた地図にふと目をやった。

「あ、そうだ。あの子にお礼をしなきゃ」

妖怪はすっくと立ちあがり、細い腕をくねくねと動かした。すると、そこに少女の姿が現れた。

「きゃあ！」

生中継を見ていた人たちは驚いて画面を注視した。妖怪は少女に向かってうれしそうに言った。

「助かったよ。お前のおかげで南極に来られた。何か願いごとはないかな？」

泣いていた少女は涙を拭いた。

「願いごと？」

「うん。暑さから逃れること以外なら、何でもかなえてやるよ。何がいい？　世の中のすべての宝物が欲しいとか、永遠の命が欲しいとか、あるいは……世の中の人間を全部殺してやってもいい」

「……」

放送を見ていた人たちはぎくりとした。

少女に悪口を浴びせた人たち、怒りをぶつけた人たち、脅した人たち、少女を殺してやると言っていた人たちの顔が真っ青になった。

少女は考え込み、やがてゆっくりと口を開いた。

「悪口を言う人と……怒る人と……殴りかかる人と……怖い顔をする人……」

「あっ！」

「わっ！」

「うっ！」

少女の言葉を聞いて、テレビの前の人たちはどきっとした。少女が言った。

「みんな、笑ってくれたらいいな。みんなが幸せになってほしい」

「……」

テレビを見ていた人たちは放心状態だった。

「ほんとか？　ほんとうに、そう願うのか？」

「はい……」

答えながら少女は微笑した。人々は息を呑んで少女を見つめた。

「う〜む、それは漠然としすぎてて、ちょっと無理だな。他にないか？」

「えっと……。じゃあ、チョコレート」

「チョコレート？　わかった。ジャジャーン！」

妖怪が腕を振ってチョコレートを出し、少女は笑顔でそのチョコレートを食べた。

数日後、少女の家の前には全国から数百、数千個のチョコレートと手紙が届いていた。

おそらく一生チョコレートには不自由しないだろう。

ダシを取る妖怪

ダシを取る妖怪が現れた。

妖怪が初めて出現したのは、お湯が熱いことで知られた、ある温泉の中だ。

「わあ、人間どもよ！　お前たち、こんなに熱くても平気なのか。それは好都合だ」

「きゃああ！」

温泉に浸かっていた人たちが悲鳴を上げた。妖怪の姿が、あまりにも気味悪かったからだ。

三メートルはありそうな純白の妖怪は毛が一本もなく、肌が赤ちゃんみたいにすべすべしていた。

身体は壺みたいに太っているのに、突き出た腹が波打っていておへそが四つもあり、腹の下に短い脚が四本ついていた。

肘が三つある長い腕は床をなでていたし、石臼《いしうす》みたいな頭には縦長の大きな目が三つあって、その下に歯のようなものがついた二つの鼻孔《びこう》が歯ぎしりしながら息を吐いていた。妖怪は、頭のてっぺんにある分厚い唇をひくひくさせながら人間に話しかけていた。

気絶するほど気味悪い姿に人々が悲鳴を上げても、妖怪は落ち着いて対話を試みた。

「ちょっと待て！　驚かないでくれ。俺はお前たちに危害を加えるつもりはない。一つ提案したくて来たんだ。おいおい、逃げるなよ。ちょっと話を聞いてくれってのに。人間どもよ。なあ、聞いてくれ」

妖怪は逃げ出す人間たちを追って温泉のあちこちに出没した。

人々は必死で妖怪を避けた。やがて逆に、警察、軍隊、そして放送局のカメラ

が妖怪を追うようになった。

　武装した軍隊が妖怪を包囲した時、妖怪はようやく人間との対話を始めることができた。

「人間どもよ！　ちょっと聞いてくれ。俺はお前たちに危害を加えはしない。一つ提案したいんだ」

　しかし人々は極度の緊張状態にあったので、誰も返事をしなかった。妖怪はお構いなしに自分の言いたいことを言った。

「俺は妖怪世界の料理人だ。偶然、人間世界をのぞいて、温泉に浸かっているお前たちを見つけた時、どんなにうれしかったか、わかるかい？　こんなに熱くても人間は我慢できるんだろ。実にありがたい」

　ほんとうにうれしいらしく、妖怪の腹がたぷたぷ音を立てた。その時、テレビのリポーターがスクープを取ろうと、勇気をふりしぼって話しかけた。

「あなたいったい何者ですか。妖怪世界？　ほんとに妖怪なんですか？　提案って、何を提案しようというのです」

「ああ、そうだよ、話し合おうや。どういう提案かと言えば」

うれしそうな妖怪の三つの目が自分に向けられるとぞくっとしたけれど、リポーターはプロ精神を発揮して耐えた。そして妖怪の言葉は全国に生放送で伝えられた。

「俺はお前たち人間からダシを取りたい」

「な、何ですって？」

「ああ、大丈夫だ。怖がらなくていい。お前たちに害はないから。温泉に入るみたいに俺の鍋に入ってダシを取らせてくれ。ちょうどこの温泉ぐらいの温度だ。絶対に煮て食ったりはしない。危害は加えないよ」

「うーむ。どうして私たちがダシにならないといけないんです。強制するつもりですか」

「いや、提案だと言ったじゃないか。これはお前たちにとってもいいことなんだ。俺たちの世界の水は人間世界の水とは違って、汚れや悪い物を溶かし出すデトックス効果がある。お前たちが俺の鍋に入っている間に、体内のすべての老廃物や病気が排出されてしまうんだよ。肌もつるつるになる」

「ほんとですか」

「ほんとだ。お前たちにとってもいいことじゃないか。だから人間どもよ、ダシを

取らせてくれ」

人々は驚いた。妖怪の言葉が真実なら、実に素晴らしい提案だ。だが、信じられない。

それでも妖怪は根気よく説得を続けた。

何日か経つうちに、妖怪を包囲した軍隊の武力は次第に強化された。戦闘機が上空を旋回し、周辺には戦車が配置された。それでも妖怪は動揺せず、粘り強く踏みとどまった。

そうして一週間が過ぎた頃、ある中年の男が妖怪のいる所にやって来た。すでに許可を取っていたらしく、軍隊はその男が妖怪に近づくのを阻止しなかった。

「ちょ、ちょっと、妖怪……いや、妖怪様！　私の娘は白血病で、助かる見込みがありません。娘の病気を治せますか？」

「おお、もちろんだとも。俺たちの水は悪いものを溶かし出すんだから。どうだ、俺の提案に従ってダシを取らせてくれるか？　どうせならお前も一緒に入れ。子供はあまりいいダシが出ないんだ」

「そうします。娘の病気が治るのなら」

「よかった。じゃあ、鍋を準備するよ」

妖怪は長い腕を自分のおへそに突っ込んだ。妖怪がおへそから腕を抜くと、巨大な鍋がくっついて出てきた。

鍋とはいうもののプールみたいに大きくて、人間が百人ぐらい入れそうだ。あまりに大きいので、包囲していた兵士たちは後退しなければならなかった。

鍋にはもう水が入っており、勝手に煮立って湯気を立てた。

「二人だけだと、たいしてダシが出ないが……とりあえずは仕方ない。さあ、入れ」

「……」

男はごくりと唾《つば》を呑み込むと、鍋に足を入れた。お湯が熱くてちょっと驚いたものの、妖怪の言葉どおり、温泉とさほど違わない。彼はすぐに全身を浸した。

「ううっ」

男は思わず顔をしかめたが、すぐに慣れた。

「ミナ！　入りなさい」

「あつっ！　パパ、熱いよ」

「大丈夫だ。我慢しなさい。ちょっと我慢すればいい。大丈夫、大丈夫だよ」

男は子供がお湯に浸かるのを心配そうに見ていたが、やがて何か決心したように、二人一緒に何度かお湯に潜った。

たくさんのテレビカメラと空中に浮かんだドローンがそのようすを全世界に生中継した。周辺にいる人たちは、緊張して親子を見つめていた。

約十分後、妖怪が言った。

「もういい。出ろ。あまり長く浸かったら二人とも死んでしまうぞ」

「はい、わかりました」

鍋の中で娘を見守っていた男が、あわてて娘と一緒に外に出た。

人々は仰天した。二人とも肌が赤ちゃんみたいにきれいになっていた。

男も自分の身体が変わったと感じたのか、驚きのまなざしで自分の手足を見ると、すぐに娘のほうを振り返って聞いた。

「信じられん。大丈夫か？　ミナ、大丈夫か？」

「パ、パパ！　頭が全然痛くない。今までこんなことなかったのに」

「ほ、ほんとか。ほんとか。ああ、ミナ！」

男は娘を抱きしめて号泣した。その姿を見ていた人々の目の色が変わった。

男は妖怪に向かって深々とお辞儀をした。

「ありがとうございます。ほんとうに、ありがとうございます。妖怪様！」

「礼には及ばんよ。だがしかし、やっぱり二人ではじゅうぶんダシが取れないなあ。他にいないのか。そこの人間ども、誰か希望者はいないか？」

状況をうかがっていた人たちは、固唾《かたず》を呑んで父と娘を振り返った。彼らの透き通るほど美しい肌が目に入った。

「わ、私が」

「私も」

「僕もやります！」

「おお、それはいい。一緒に入れ。鍋は大きいからな」

勇気を出した人たちが妖怪の鍋に入った。時間が経つにつれてお湯の効能に惹《ひ》かれて来る人が増え、妖怪の鍋は満員になり始めた。

妖怪はおたまを出してダシ汁をちょっと味見すると、満足げな笑みを浮かべた。

「おお、これこれ、この味だ。人間のダシは何とも言えないコクがある。これで商売は大成功するぞ。実にうまい。人間どもよ、ありがとうな。今日はこれで終わりにしよう。今度来た時、また頼む」

大満足の妖怪は鍋を片付けて妖怪世界に消えた。順番を待っていた人たちは残念がった。妖怪の鍋を利用した人たちが、しきりに自慢したからだ。

彼らはすぐにあちこちのテレビ番組にゲストとして出演し、妖怪風呂の効能について証言した。

身体がすっと軽くなり、肌は遠くから見ても輝いているほどきれいになった。水虫から糖尿病まで、さまざまな持病がきれいに消えた。ハゲ頭に髪が生え、目の悪かった人は、初めて世の中をはっきり見た。

彼らは十歳から二十歳ほど若返ったように見えた。

皆が彼らをうらやみ、鍋に入ればよかったと後悔した。

幸い、数日後にうれしい知らせがあった。

「やあ、人間どもよ。また来たぞ」

再び温泉の近くに妖怪が現れたのだ。

わずかな望みを持って近所で待機していた人々は、すぐに妖怪の周りに集まった。

「人間ダシは大好評だったよ。あんなに商売が繁盛したのは初めてだ。今日も頼もうと思って来た。俺の鍋でダシになってくれる人間はいるか？」

「はい、私がやります」

「僕も。僕もダシになりますよ」

「私は何日も前から待ってたんです。妖怪様、どうかうちの息子を助けてください」

「おお、それはありがたい。じゃあ、すぐに鍋を出そう」

妖怪が鍋を出すと、人々は先を争って飛び込み、効果を確かなものにするためにお湯に潜ったりした。

ちょうど百人分のダシが取れると、妖怪はおたまを出して味見をした。

「うん、うまい！　人間のダシがよく出ている。やっぱりいい味だ。ありがとう、人間どもよ。じゃあ、また来るから、その時は頼むよ」

「あ、待って！」

「妖怪様、行かないで！　待ってください！」

「どうか、うちの子を！　妖怪様！」

鍋に入れなかった人たちが叫んだけれど、妖怪は気にせずに鍋を持って妖怪世界に消えた。

妖怪が去ると、大混乱が起きた。怒り狂う人、地面をたたいて慟哭《どうこく》する人、列に割り込まれたといってケンカする人……。後から聞いて駆けつけた人々は、悔しさといら立ちの中で虚脱状態に陥った。

それでも妖怪が温泉に出没するということは確認できたので、人々は温泉の周辺に陣取り始めた。

すると、人々の間で妖怪風呂の利用順序について議論が起こり、ある主張が広く支持された。

「妖怪が人間のダシを取る際に必要な人数は限られています。ほんとうに深刻な病気にかかった、どうしても利用したい人を優先すべきです」

「……」

増毛や肌質改善などの美容を目的に鍋に入ろうとしていた人たちは何も言えなかった。ささいな持病を治療しようとしてやって来た人たちも、重病人の前で口を閉ざした。

しかし、深刻な病人はあまりにも多かった。時間が経つにつれ、いよいよたくさん集まってきた。

鍋を利用できるのは一度にせいぜい百人だ。重病人の間でも順序を決めなければならない。

「若い順にしましょう。将来のある子供たちを優先するのが道理じゃありませんか」

「それも一理あるが、病気が重い順にするのが妥当じゃないかな。危険が迫っている人から利用すべきだ」

「先着順にしましょう。どのみち、みんないつ死ぬかわからないんだし」

「先着順というなら、重い病気でないけど早く来た人はたくさんいるんですよ。何日も前から並んでいた人もいるのに」

自分や家族の命がかかっているから誰も譲歩しない。結局、政府が介入することになった。急いで国民投票をした結果、重病の子供たちに優先権を与えることになった。

他の患者とその家族たちは不満を口にした。私のほうが先に来てたんだぞ。うちの人はもっと病気が重いのに、どうして?

しかし国家が決定を覆すことはなかった。

そして、待ちに待った妖怪がまた現れた。

「やあ、人間ども! また来たぞ。人間ダシはほんとに人気があるんだ。店は大繁盛だよ」

人間たちは、すぐに妖怪の前に押し寄せた。

「わあ、俺を待っててくれたのか。よかった、よかった。そうでなくとも忙しいんだ。さあ、鍋を出そう」

妖怪はまた巨大な鍋を出し、人間は順番どおりに列を作った。

「あれ？　どうして子供ばかりなんだよ。ちぇっ、駄目だ。子供はあんまりいいダシが出ない。子供じゃ駄目だ」

列の先頭にいた子供たちとその親たちは戸惑った。そしてすぐに、後ろのほうから叫び声が聞こえた。

「じゃあ、私たちが行きます。私たちもみんな重病人だから、鍋に入らないといけないんです」

待機していた他の患者たちが先を争って走ってきた。

「おお、そうだ。大人が入らないと、いいダシが出ない。お前たちが入れ」

その瞬間、あたりは阿鼻叫喚《あびきょうかん》の巷《ちまた》と化した。

後ろから走ってきて、列に並んでいた子供たちを押しのける人、子供を抱いて必死で鍋に飛び込もうとする人、押し合う人……。

「おい、妖怪様は、子供は駄目だって言ったじゃないか」

「どうしてあんたが入る。保護者はあっちへ行け」

「ちょっとあんた、ほんとに重病か？　ほんとに？」

「出ろ、出ろってば！　俺が入るんだ。出ろ！」

「どうかうちの子を助けて下さい。お願い！」

ひどいものだった。ひょっとしたら、妖怪の住む世界は、こんな感じだろうか？

すると妖怪は、長い腕で容赦なく鍋の中の人々をつまみ出した。

「おいおい、お湯が溢れちまう。そこまでだ！」

「わ、ちょっと待って！」

「妖怪様、そこを何とか！」

「うわーん。助けてください。出さないで！」

人々が哀願しても、妖怪はそれ以上の人が入ることを許さなかった。

何とか鍋に入れた人たちはほっとした。彼らは忠実にダシになった。

「うむ、まさにこの味だ。人間ダシはやっぱり絶妙だな。恩に着るよ。またな！」

妖怪が行ってしまうと、人々の泣き声と争う声が響いた。順番など関係なく、とにかく早い者勝ちだった。

条件、規則、秩序はまったく守られなかった。

テレビでそのようすを見ていた人たちは、口々に言った。

「どうせああなるんだ。そもそも列に並ばせる必要などなかった」

「重病でない人たちも入ってたみたいね」

「こんなことなら、わしも入るんだった」

それでも国家はなんとか統制しようとした。妖怪がまた現れると予想して、軍隊を動員し厳格に列に並ばせた。

行列の比率を改め、重病の子供三十人に、もっとも命の危険の高い大人の病人七十人で列を構成した。

「やあ、人間ども！　また人間ダシを取りに来たぜ」

ところが、妖怪はいつもとは違う場所に出現してしまった。温泉ではなく、都心に出てきたのだ。

「ありゃ！　いつも同じ場所に出るのは難しいから適当に出てきたんだけど、大丈夫だろうか？　ああ、大丈夫そうだな。驚いている人間もあまりいないみたいだ。とにかく、またダシを取りたい。手伝ってくれる人間はいるか？」

妖怪はごく自然に鍋を取り出したけれど、人々はためらった。

無線で連絡を受けて出動した警察が、すぐに規制を敷いた。

「皆さん！　今、重病の患者さんたちがこちらに向かっているから、待ってください」

ぐずぐずしている人たちを見て妖怪が言った。

「何だ？　どうして誰も手伝ってくれないんだ。俺は忙しいんだぞ。店で用事がいっぱいあるのに」

集まった人たちがざわざわした。

「妖怪様が忙しいって言ってるじゃないか」

「仕方ないだろ」

「そうだよ、妖怪様が忙しいのなら」

一人の人が鍋に近づいたのを合図に、周囲にいた人たちが鍋に向かってぞろぞろと歩き始めた。そしてすぐ、先を争って走り始めた。

「み、皆さん！　いけません！　今、重病の患者さんたちが……」

「おい、押すな」

「ちょっと、あたしの足を踏んだでしょ」

「どけ、どけってば！」

「おお、そうだよ。早く鍋に入ってくれ。お前たちは、うっとりするほどいいダシ

が出るからな」

妖怪の鍋はすぐにいっぱいになった。

「くう〜、そうそう、この味。人間ダシはコクがあって実にうまい。人間どもよ、今日もありがとな。また来るよ」

妖怪が消えた跡に残った、肌の美しい百人の人たちは幸福に満たされていた。彼らは誰よりも幸せそうな顔で自分の身体を眺めた。

重病の人たちが到着すると場所を譲りはしたが、ずっと自分の姿を眺めて喜んでいた。

重病人たちは泣き叫んだ。兵士たちは、どうすればいいかわからなかった。

それ以後も妖怪はいろいろな地域に出没して人間のダシを取っていった。

人間は見境もなく、大騒ぎしながら妖怪の鍋に飛び込んだ。

法律で規制しても、そうした行動を止めることはできなかった。その人たちを非難していた人も、いざ自分がその場に居合わせると、やはり鍋に向かって突進した。

ダシを取る妖怪は、ほんとうに人間ダシだけを取った。しかし妖怪の去った跡は、常に涙と怒りに満ちていた。ねたみ、やきもち、利己心、怨み、憎しみ、悔しさ、不満……。妖怪にふさわしい感情が乱舞していた。

妖怪が人間から煮出したのは、ダシだけではなかった。人間の暗い感情も引き出した。どんな味よりも濃厚に。

「くう〜。やっぱり、うまい。人間ダシほど妖怪の好きな味もないよ。まったく」

ウンコのできない妖怪

　ウンコのできない妖怪が現れた。

　初めて現れたのは、繁華街の公衆トイレの天井だ。

「わ〜、人間どもよ。ウンコしてるのか？　うらやましいな。お前たちはウンコできるんだな」

「うわわっ！」

　トイレで用を足していた人たちは、ズボンもろくに引き上げられないまま、あわてて外に走り出た。

　妖怪はお構いなしにトイレの外に出て、言った。

「人間はほんとにいいなあ。肛門があって。俺も肛門があったら、どんなにいいだ

ろう」

「きゃああっ！」

泳ぐように空中で飛び回る妖怪を見た人たちは、悲鳴を上げて逃げ回った。

妖怪の身体は、まるで空気の抜けかけた白い風船みたいにぐにゃぐにゃだった。

ただ、その風船に空気を入れる部分が大きく正三角形に開いていて赤い唇がついているうえ、内側に鋭い歯があり、奥から黒い舌がべろべろと出てくるので、それが口だとわかった。口の中を詳しく見ると口蓋に二つの目と鼻の穴があって、中から人間を見ていた。

「あ〜、俺も肛門があったら毎日食べて毎日ウンコするんだけどな。お前たちはほんとにいいいねえ」

妖怪は大きな声で妙なことを言いながら宙を泳ぎ、繁華街のあちこちにあるトイレをのぞいた。

妖怪の出現はＳＮＳなどを通じてすぐに知れ渡った。警察は緊張したが、妖怪には何かをしようとする気配が見られなかった。そのうえ、肛門だのウンコだの、変なことばかり言っている。

「あ〜、悔しい。どうして俺たち兄弟は肛門を持たずに生まれたんだろう？　口がかっこいいからかな。うわあ、俺もウンコしたい！」

そんな調子なので、妖怪に対する恐怖は次第に弱まった。人畜無害のような感じでもある。だがテレビ局の関係者が来てインタビューを試みた。すると、妖怪が人間の世界に来た目的は、実に意外なものだとわかった。

「あ、あなたは何者ですか？　ここに来た目的は？」

「ああ、俺は人間を食おうかと思って来たんだよ」

「な、何だと！」

生放送を見ていた人たちはひっくり返った。人間を食おうだなんて、危険な妖怪じゃないか。

「人間を食べるんですか」

「う〜ん、まだわからない。俺は特別なものを食べないといけないんだ」

「いったい、どういうことです。人間を食べるんですか、食べないんですか？」

妖怪は迷っているように、同じところを行ったり来たりしながらため息をつき、事情を話し出した。

「お前たちは肛門があるからいいけど、俺たち兄弟は生まれた時から肛門がない。だから、俺たちは一生に一度しか食べちゃいけないんだ。食べた後でウンコができないからだ」

「何ですって」

「毎日のようにウンコができるお前たちはほんとに恵まれた存在なんだよ。あ〜、ほんとにうらやましい！」

「つまり一生に一度だけ、食べられるというのですね。人間を食べるとしたら、一人だけですか？」

「うん、そうだ。だけど、まだ決めたわけじゃない。考えてもみろよ。一生に一度しか食べられないから、その味をずっと思い出しながら生きていかなければならないんだ。よく考えて決定すべきだろ？」

「なるほど……」

「人間を食べるかどうか迷ってる。まだ、兄弟の中で人間を食べた妖怪はいないからね。一番上の兄さんは松の木を食べたんだけど、俺にも松の木を食べろって言うんだ。松葉の香りがいいからって。兄さんは死ぬまで松葉の香りを思い出して暮らすんだよ」

「ああ、それならあなたも松の木を食べたらどうですか」

「い、いや、駄目だ。俺は菜食より肉食がいい。だけど、肉も慎重に選ばなきゃ。弟は可哀想だ。ハイエナの肉を食べて、ずっと獣臭い味を思い出しながら暮らしてる」

妖怪は兄弟たちの食事について長々と説明し、放送記者の頭の上にふわりと浮かび上がった。

「やっぱり人間の肉を食べるのがいいだろうな。他の妖怪によれば、とてもうまいそうだから」

記者は驚いて尻もちをついた。妖怪は気にも留めず、また振り向いて、

「いや。慎重に決定しよう。一生に一度だ。人間を食べるにしたって、おいしい人間を選ばなきゃ」

妖怪は宙を泳ぎ続けた。

妖怪は何日も繁華街で人々の頭上を飛び回りながら、食べるかどうか悩んだ。そのせいで街中から人の姿が消え、商店主たちは泣き顔になった。

「なんてこった。あの妖怪は、よりによってどうしてここをうろつくんだ?」

「あいつのせいで商売あがったりだ。殺すこともできないそうだな。銃弾もすり抜けてしまうらしい……。ああ!」

彼らは正直なところ、妖怪がさっさと誰かを食べて、消えてくれればいいと願っていた。

その時、彼らの願いをかなえてくれそうな事件が起こった。

「妖怪様! 私を食べてください!」

「何だと? お前を?」

自分を食べてくれという男が現れたのだ。

「私の人生は失敗でした。もうこれ以上生きていても仕方ありません。誰かが死ななければならないなら、私が犠牲になります」

「ふうむ。お前、うまいか?」

「豚はどの豚でも豚の味です。人間だって、みんな同じでしょう」

「さて……どうしようかな」

妖怪は男の周りを飛び回ったあげく、空高く浮かんだ。

「やっぱり、もうちょっと考えてみる。一生にたった一度の食事なんだから、慎重に選ばなきゃ」

「ああ、妖怪様！　一つだけ約束してください。もし人間を食べるなら、必ず私を食べると」

「考えておくよ」

男は妖怪を追いかけ回して、自分を食べてくれと頼み続けた。そのために繁華街で夜を明かした。

男の姿は大きな反響を呼んだ。

「たいしたもんだ。ああまでして犠牲になろうとするなんて」

「わあ、あの人はこの地域の救い主ね！」

放送局も男にインタビューした。

「どうしてそう決心なさったのですか」

「ああ……。私は、誰かが犠牲にならないといけないなら、自分がなろうと決心しました。私の命で他の人たちが不安から解放されるなら、それでいいのです」

各局に取材された男は、一日にして最高のスターになった。人々は男の行動に感嘆し、感動し、賞賛した。

しかし、その男だけではなかった。

「妖怪様！　あたしを食べて！」

「いや、僕を食べてくれ。どうか、僕を」

「私のほうがおいしいと思います」

妖怪に食べられようとする人が、世界中から続々とやって来た。

「何だ？　食われたい人間が、こんなにたくさんいるのか。人間って変な奴らだな」

そのとおりだ。世の中は広く、変わった人間はたくさんいた。

平凡な人には理解できなかったけれど、彼らが最も惹かれたのは、たいてい同じ点だった。

「全人類の中で、たった一人しか食べられないそうじゃないか。世の中でただ一人！　自分がその一人になりたい」

一般人にとっては、わかったようでわからない理由だった。

そうなってみると、彼らの間で競争が起こった。妖怪の食事になるための競争だ。

「こんなにたくさん？　いったい、どいつを食えばいいんだ？」

「妖怪様！　私を食べてください。私はベジタリアンだからさっぱりしておいしいはずです」

「笑わせるな。あんた、がんにかかってるだろ。肉が腐ってるんだよ。妖怪様！　俺を食べてください」

「ぶよぶよ太ったあんたを食べたって、うまくないさ。さっさと予定どおり自殺でもしなよ」

「あなたたち、引っ込んでなさい。男より女のほうが、肉が軟らかいんだから」

「妖怪様！　あんな社会不適合者や人生の敗北者の肉は腐ってますよ。私は成功したCEOです。成功した人間の肉がいいんじゃありませんか」

「おいおい、俺はまだ人間を食べるかどうかも決めてないんだぞ。一生にたった一度のことなんだ。俺にとっては」

人々は、この奇妙な光景を興味深く見守った。変な人たちはさらに一人二人と増え、彼らや妖怪を見ようと野次馬が集まった。妖怪が現れた繁華街は世界で最も注目される場所になり、通りに人が溢れて足の踏み場もないほどだった。

繁華街の商人たちは、にこにこ顔になった。

「妖怪のおかげで商売が繁盛して、うれしいね」

「ずっとこの商店街の名物になっててくれたらいいんだがな」

「グッズを出そう。妖怪グッズ」

そんなある日、ついに妖怪が決断を下した。

「わかった。人間を食べる。俺は人間を食べることにした。一生にたった一度の食事を、人間に決めた！」

「わあ」

「おおお」

人々は歓喜の声を上げた。食われるために集まっている人だけでなく、この事件を楽しんでいた他の人たちも喜んだ。妖怪が人間を食うんだって、と騒いでいた。

「では、どいつを食うか、決めないといけないな……」

「妖怪様、あたしを食べて」

「いや、僕だ。僕が食われる」

「私を選んでください」

「あう〜、また選ばないといけないのか。困ったな」

妖怪は宙で右往左往したあげく、彼らの頭上を飛び回って候補を絞った。

「この太った人間。この若い人間。この年取った人間。この三人のうちの一人を食べることにしよう」

「わああ」

「おお」

「いよいよ食べるんだな」

人々は候補者たちを見て歓呼した。人間が妖怪に食われるというのに、現場はまるでお祭りのような雰囲気になった。

三人の候補者は急ごしらえのステージに上がった。そのようすは全世界に生中継された。人々はみんな仕事の手を止めてテレビの前に集まり、画面を注視した。インターネットでも、ついに妖怪が人を食うと言って熱狂した。

みんなが喜んでいた。この状況を残酷だと思う人はむしろ少数だった。変なことだ。彼らは確かに自ら進み出た人たちだったが、それでもやはり異常なことには違いない。

「あ〜、誰を食べようかな。誰にしよう。うん、人間どもよ、誰がいいだろう？」

妖怪は三人の頭上を飛びながら迷い、空高く昇りながら言った。

「う〜、決められない。お前たちが代わりに決めてくれ。そしたらその人間を食べるよ」

現場にいた人たちはざわついた。決めてくれって？　妖怪が自分で決めて食うのはいいが、我々が犠牲者を選ぶのは、さすがにちょっと……。

その時、ステージにいた太った男が進み出て叫んだ。

「私が食われるべきです！　私のざまを見てください。これが人間ですか？」

男はたるんだ肉を揺らし、顔を指さして熱弁を振るった。

「顔もひどいものです。こんなに醜い人間を見たことがありますか？　私みたいな人間は生きている価値がありません。私は友達もいないし、仕事もありません。一日中、部屋に引きこもってゲームばかりしている人間のクズです」

「……」

「そうでしょう？　私が街を歩けば、みんながちらちら見て笑うんです。面と向かって悪口を言ってくる人もいます。太って不細工なのは罪だからです。私は子供の頃から太っていて、不細工で、いつも仲間外れにされていました。社会に出てからは、ましになったと思いますか？　いいえ。社会に出ても、私はただ気味悪い、不細工な豚に過ぎませんでした。世の中には普通の人間と、不細工で太った人間の二種類が存在しています。不細工で太った人間は、自己管理できない、怠け者の、意志薄弱な人間なんです。そうでしょう？　皆さんもそう思ってますよね？　そんな人間など、世の中に必要ですか？　いらないでしょう？　だから私が死ぬべきなんです」

「……」

男は情熱的にアピールし、自分が食われるべきだと叫んだ。

ところが、妙なことが起きた。

ざわざわしていた人々の反応は、男の意図とは逆の方向に流れていた。

「あの人、食われてほしくないな」

「太っているから食われるって理屈があるかよ」

「外見で悪口を言うなんて。ほんとに下劣な人がいるのね」

男は戸惑った。しかし、人々は叫び続けた。

「死んじゃ駄目。あなたは死ぬべきではありません！」

「どうして必要のない人間だと思うんだね。世の中に、いらない人間なんて存在しないんだよ。君を必要とする人は、絶対にいる」

「死ぬべきなのは、あなたを侮辱した人たちです。どうしてあなたが死なないといけないんですか」

現場の人たちもテレビを見ていた人たちも、男が死なないことを願った。

それを見た男は、言葉に詰まった。

「……」

多くの人々が自分を励まし、応援してくれている。男はその光景を見てぶるぶる震え、黙って背を向けた。

帰ってゆく彼の後ろ姿に皆が応援の言葉をかけている時、若い女が前に進み出た。

人々が視線を向けると、女は腕を上げて袖をまくった。

「見えますね？」

手首にナイフでつけた傷痕《きずあと》がいくつもあった。

「あたしはここで選ばれなくても、どうせ死ぬの。だから、あたしが犠牲になります」

さっきの余韻が残っていたからだろうか。誰かが叫んだ。

「どうして死にたいんですか。まだ若いのに」

女はいらいらして吐き捨てるように言った。

「どうでもいいじゃない。死ぬのは勝手でしょ」

「命の大切さを知らないのか。最近の若い子は、これだから駄目なんだ。こんなに暮らしやすい世の中で、すぐに自殺だの何だのって。わしらの若い頃は食べていくので精いっぱいだったのに」

ある老人の言葉に、女は泣き顔になった。

「あんたに何がわかるの。あたしがどうやって生きてきたのか、知りもしないで」

女は大声を出した。

「暮らしやすい世の中？　そう、この暮らしやすい世の中であたしがどんなふうに暮らしてきたか、教えてやろうか。生まれてすぐ、父ちゃんは女をつくって出ていった。母ちゃんはあたしを親戚に預けて行方《ゆくえ》をくらませた。親戚の家で遠慮しながら暮らしてて、強姦された。中学生の時だよ。あんた、中学生の時に何してた？

え？」

「……」

「高校の時に家出したら、酒場に売り飛ばされた。毎日死にたいと思いながらも、いつかきっと母ちゃんに会いに行こうと思って暮らしたのに」

女はいつしか涙を流していた。

「やっとのことで捜し当てたら……。母ちゃんは、お前なんか産んだ覚えはないって。必死で捜したのに……。こんなに苦労したのに」

「……」

「生きていたくない。あんたの言う、暮らしやすい世の中に、生きていたくないんだよ」

「……」

「母ちゃんに見せてやる。自分の産んだ娘がどんなふうに死ぬのか、テレビでしっかり見てろって」

泣き叫ぶ女の姿に、人々は粛然とした。誰かが小さい声でささやいた。

「ひどい……」

すすり泣く人たちの声が、あちこちから聞こえた。

「なんてことだ……」

「そんなことがあっていいの……」

「世の中にはひどい奴らがいるもんだ」

多くの人々が、泣きながら女の痛みを分かち合った。

今度もみんなは心を一つにして叫んだ。

「死んじゃ駄目。死なないで」

「死んではいけません。そんなにつらいことばかり経験して死ぬなんて、悔しいじゃない」

泣いていた女の目に、自分よりもっと悲しそうに泣いてくれる人たちが映った。応援し、激励し、ステージの上に駆けつけてハンカチを渡そうとする人たち。

女はその場にへたり込んでしまった。

すると最後の候補者である老人が女に近づき、肩をたたいて退かせた。

「もうこれで、食われる人間は決まったようです……」

老人は淡々と言ったが、場の雰囲気はすでに変わっていた。老人の事情を聞きもしないうちに、死ぬなという声があちこちから上がった。

老人は首を横に振り、静かに話し出した。

「私はもうじゅうぶん生きました。もし妖怪に食われなくても、数年後には自然に死ぬでしょう。若い人たちの命を無駄にするより、私が死ぬのがいいのです」

誰かが反論した。

「そんなのおかしいよ。年に関係なく、人の命は平等です」

「……」

老人は少しためらった末、なぜ自分が死ぬべきなのかを話した。

「街中で老人が古紙を拾い集めているのを見たことはありませんか。私がまさにそれです。古紙を拾う人生。皆さんがもしそんなふうに生きなければならないとしたら、どんな気がしますか。一日中拾って何千ウォンにも満たない金を稼いで飢え死にしない程度に食べ、次の日にはまた朝早くから古紙を拾い……。そんな人生に、意味があるでしょうか」

「……」

「率直に言いましょう。私は……孤独です。大人になった子供たちは長い間会いにこないし、どこで何をしているのかも知りません。話し相手もみんなあの世に行って、近くには誰もいないんです。私は何のために生きているのでしょう……。死なないから生きているだけです。こんなに寂しいのだから、せめて死ぬ瞬間だけは特別な死に方をしたいのです。世の中のすべての人に関心を寄せられて死にたい。それが最後の望みです」

「……」

老人の言葉はとても淡々としていて、まるでひとごとのようだった。

しかし老人の話も、やはり逆効果だった。

「おじいさん、死なないで」

「寂しいなら私が遊びに行きますよ」

「家にキムチはありますか？　おかずと一緒に、ちょっと持っていきます」

人々は、老人が死ぬことに反対した。勢いにつられて言っているのかもしれないけれど、多くの人たちが老人の孤独を慰める方法を提案した。

それを見た老人の目に、涙がにじんだ。

しばらく黙っていた老人は、突然、猫の話を持ち出した。

「私は……猫が好きです」

「？」

「近所の野良猫を見るたびに心配になるんです。食べ物がなくて死ぬ子もいるだろうと……。冬にはたくさんの猫が凍え死ぬんじゃないか……。子猫がたくさん生まれたら、そのうち何匹が生き残れるのかと心配です。実際に、今、この瞬間にもたくさんの野良猫が路上で死にかけているはずです。でも、私は見たことがありません。どこかでこっそり死ぬんでしょうか。不思議なことに、猫が死ぬのを見たことがないんです」

「……」

「実際のところ……古紙を集める老人も、そんな猫たちと同じだと思うんです。哀れだけど、どうしようもありません。今も老人たちは野良猫のようにどこかで一人、誰も知らないうちに死にかけています。私はそんなふうに死にたくない。死ぬにしても、大勢の人々に知ってもらいたい……」

その言葉を最後に、老人は背を向けて歩いていった。人々は言うべき言葉が見つからず、固い表情で老人の言葉を嚙みしめていた。

その時、妖怪が上空から下りてきた。

「人間どもよ、決まったか？　俺は誰を食べればいい？　誰を食べよう？」

人々は困惑した。

候補者が、自分が食われるべき理由を明かすごとに、絶対に死んではいけない人だという気がした。

人々は叫んだ。

「あの人たちを食べてはいけません」

「そうだ、あの人たちを食っちゃいけない」

「人間はおいしくないんです。他の物を食べたほうがいいですよ」

「何だと」

妖怪は驚いてぐるぐる飛び回った。

「どういうことだ。俺に食べてほしいと言っていた人間どもは、どこに行った？」

多くの人々が「食うな！　食うな！」と連呼し、他の声はかき消されてしまった。

そしてこの妖怪は、最初から最後まで優柔不断だった。

「うむ、それじゃ、そうするか。人間以外のものを食べようか。う〜、悩むなあ」

「わあ！」

人々は喜び、妖怪は空を行ったり来たりしながらまた迷っていた。

「じゃあ、何にしよう？　何を食べればいいんだ。ああ、困った。何がいいだろう。俺は肛門がなくて、一生に一度しか食べられないんだよ」

妖怪が凧《たこ》のように飛び回る空に向けて、人々の拍手と歓声が響いた。

妖怪に食われてもいい人は、いなかった。太った人も、間抜けな人も、悲しい人も、病気の人も、寂しい人も、誰も食われてはいけない。

世界でいちばん美しい妖怪

世界でいちばん美しい妖怪が現れた。

世界でいちばん美しいというのは、その妖怪が自分で言ったことだ。

「まあ、ほんとに追い出されちゃった。美しすぎるという理由で妖怪世界を追放されるだなんて。美しいのも罪ね」

「きゃあああっ！」

妖怪の主張とは裏腹に、その外見は人々が悲鳴を上げるだけのことはあった。

一見すると、二本足で立つナマコのようだ。ぼってり太った胴体から突き出た手足は人間のそれに似ていたが、長い毛がびっしり垂れ下がって揺れていた。首は太短く、丸く平べったい頭は好き勝手に育ったジャガイモみたいにでこぼこだった。

横に細長く裂けたような二つの目はこめかみにあって、高速で瞬《まばた》きしていた。上を向いた大きな鼻は、それ自体が一つの生き物のように絶えずぴくぴくしていた。肌はでこぼこで、眉も髪もなかったし、耳はとても小さく、唇がミミズみたいにくねっていた。どう見ても美しくはないのだが、その妖怪は……。

「やれやれ、世界でいちばん美しいのも罪なの？　あんまりだわ」

妖怪が現れたのは、にぎやかな商店街だった。人々が悲鳴を上げて逃げ惑うのも気にせず、妖怪は自分のことばかり話し続けた。

「あたしがあんまりきれいだから、妖怪たちがやたらとケンカするっていうのよ。あきれた話ね。あたし、あんな奴らに目もくれたことがないのに。美しいという理由で追放だなんて、理解に苦しむわ。ほんとにひどい。そうじゃないこと？」

誰も返事をしなかった。みんな逃げるのに必死だったから。

「人間どもよ、何をそんなに大騒ぎしてるの。どうして？　う〜ん、やっぱりあたしが美しすぎるのかな？　ほほほ」

妖怪は首をちょっとかしげたけれど、そんなことはどうでもよくなって、通りにあるアパレルショップに向かった。

「うう……。裸で追い出すなんて。まったく、妖怪たちは品性が下劣なんだから。何か着なきゃ」

三メートルもありそうな妖怪が着られる服など、あるはずがない。しかし妖怪は顔を突っ込んで店内を見回すと、服を何着か取ってつなぎ合わせた。

「人間って美的センスがないのね。仕方ない。とりあえず、これで間に合わせておくわ」

妖怪は適当につなげた服を羽織り、不満そうにつぶやいた。

「うう……なんて品のない衣装なの。あたしがきれいだから、まだ見られるけど」

「あ、あの、おしゃべりなバケモノはいったい何なんだ？」

奇怪な生命体の出現は緊急ニュースになり、テレビ局のカメラと軍隊が急いで出動した。

妖怪はそんなことにはお構いなしで、今度は宝石店を荒らした。

「小さい宝石ばっかりね。もっときらきら光るのはないの。ふ〜ん」

いろいろな店をのぞきながら、妖怪は自分を飾るのに熱中した。

そうしているうちに軍隊が到着して妖怪を包囲し、テレビ局が妖怪の姿を全国に中継した。

政府代表は、拡声器を持って前に進み出た。

「もしかして、あなたはエイリアンですか」

それは唐突な質問ではなかった。人類は火星に向けて盛んに有人宇宙船を飛ばしていたから、エイリアンという可能性を考えるのも無理はない。

しかし妖怪はとんでもない、という顔をした。

「エイリアン？　失礼な。あたしは世界でいちばん美しい妖怪よ」

「妖怪？　そ、それならあなたの目的は何ですか」

「さっきから言ってるじゃない。あたしは美しすぎて妖怪世界から追放されたって。仕方ないから、これからはあなたがたと共存することにしたの」

「きょ、共存？」

「うん。そういうことになったから、あなたがたが責任を持って、あたしが品位を保てるようにしてね。まずあたしの美しさにふさわしい屋敷と、あたしの美しさをいっそう引き立てるドレスやジュエリーを準備してちょうだい」

妖怪が堂々と主張するので、人々は途方に暮れた。もちろん、特別な存在だから特別な扱いはしなければならないだろうが……品位を保つだと？

「心配はいらない。ただでくれと言ってるんじゃないの。あたしは妖術が使えるんだから」

「妖術？」

「あたし、あなたがた全員を美しくしてあげられる。妖術を使って」

「美しくって？」

妖怪の言葉はテレビで

全世界に中継され、多くの人々がその話に興味を持った。

妖怪は妖術について説明した。

「眠れる美女とでも言えばいいかな。あたしが眠ると、あたしの美しさは身体から抜け出すの。その美しさは世界に広がって、あなたがた全員を美男美女に変身させるのよ。どう？　いいと思わない」

「い、いったいそれは……」

「何といっても、きれいなのがいちばん。あたしのように美しくなりたくないの？　ほほほ」

テレビを見ていた人たちは思わず、絶対にお前みたいにはなりたくないと言った。あんな顔が、世界でいちばん美しいだなんて。

妖怪は、大きなあくびをした。

「ふわああ……。ちょうど眠くなってきたから、一度見せてあげようか。それがいいわね。あたし、これからちょっと寝るから、みんな、美しくなった自分の姿を楽しんでごらんなさい」

「ちょ、ちょっと待って！」

妖怪はアパレルショップから持ち出した服を積み上げると、その上に寝転んだ。
人々は驚いた。武装した軍隊に包囲されながら、こんなに無防備な姿で眠るとは……。

今のうちに攻撃すべきかどうか迷っていると、

チン！

妖怪の身体から、真っ白な光の輪が抜け出た。
光の輪は地球を一周して全人類を通過した。人々がぎょっとした時、妖怪の身体が枯れ木のようにやせ細った。しかし、人々の関心は別のところに向いていた。

「わ、あの子、アイドルよりかわいい」

「まあ、これが私の顔？」

「あ、あなた、いったいどうしたの。どうして急にそんな男前に……」

「そう言うお前も……」

全人類が互いの顔を見て驚き、鏡を見てまた驚いた。美しくない人は一人としていなかった。妖怪の言ったことは、ほんとうだったのだ。

人々は興奮を抑えきれなかった。日頃から外見にコンプレックスを持っていた人たちは感激して涙を流した。妖怪の扱いに苦慮している人たちを除き、ほとんどの人は喜んだ。

美しくなった自分や周囲の人たちを見てしきりに感嘆し、浮かれて写真を撮り、もっと美しく見えるように着飾ってみたり、愛し合ったりした。その瞬間、全世界の幸福指数はとてつもなく高くなっていたはずだ。

魔法のような時間は、約六時間続いた。

「うう〜ん」

妖怪が目を覚ますと光の輪が輝き、また妖怪に吸い込まれた。全世界で同時多発的に残念そうな声が上がった。

「あ！」

「ああ……」

「ああ！」

人々は元に戻った自分を見てがっかりした。せっかくたくさん写真を撮ったのに、そこに写っている姿も美しくなる前の姿に変わっていた。

「何、これ……」

「まあ、私はもともとこんな顔だからねえ」

再び太った妖怪は、あくびをしてつぶやいた。

「ああ！　やっぱり地面では熟睡できない。屋敷が必要だわ」

妖怪は人間たちを見回すと、偉そうに言った。

「これじゃ駄目。早くあたしの屋敷を用意してちょうだい。あたしはこんな道端で寝るには美しすぎるの」

「……」

今度は、誰もそれが不当な要求だとは思わなかった。もう一度、美しくなってみたかったから。

＊

世界でいちばん美しい妖怪は、こうして人間との共存に成功した。

世界中の世論が、そう評価していた。人類は、妖怪が品位を保てるよう、責任を持って協力することにした。

妖怪の趣味に合う豪華な衣食住が提供され、妖怪は暮らしに満足した。妖怪は自分を飾り、鏡に映して喜ぶ以外に何もしなかった。きれいな服を着てみたり、ネックレスをかけてみたり。

「ああ、あたしって、ほんとにきれい。こんなにきれいでいいのかしら。ほほほ」

こんな怠惰な生活が許されるのも、妖術のおかげだ。

「ふわああ。もう寝なきゃ。明日はよりいっそう美しくなることを期待して」

人々は、その時を待っていた。

「寝るぞ」

「やっと寝てくれる」

「眠った」

妖怪が眠り、光の輪が人々を貫通すると、世の中はお祭り騒ぎになった。

「うふふ、とってもかわいい。うれしいな」

「あ、あなた、すごくハンサムになった」

「君こそ、とてもきれいだよ」

見ても見ても見飽きなかった。顔を見るだけで満足だ、顔を見るだけで怒りがやわらぐ、顔を見るだけで笑顔になる。それは嘘ではなかった。実際、妖怪が寝つくと幸福指数が跳ね上がり、犯罪率が減少した。外出が増えて経済が活性化し、人々が愛し合うので出産率も上がった。

世界でいちばんきれいな妖怪が眠ると、世界は最高に美しくなった。

「ふ〜ん。ああ、よく寝た。あたしは今日もきれいね」

「あ！」

「ああ……」

「うわっ」

妖怪が目を覚ますと、人々はひどい喪失感に見舞われた。妖怪が寝ている時の顔が自分本来の顔だと信じる人もいた。そうした認識が次第に一般化してゆき、彼らは妖怪が起きて元の姿に戻ると、ひどく気分を害した。

就寝時間が昼だったり夜だったりと不規則なのも気に入らない。妖怪が自分と同じ時間に寝たりする日には、不満が爆発した。平均八時間という睡眠時間も短すぎる。人々は、妖怪が永遠に眠ってくれればいいと願うようになった。

「妖怪の食べ物に睡眠薬を入れたらどうだろう」

「そうだよ。十五時間ぐらい寝てくれたらいいのに」

それはアイデアに終わらず、ほんのちょっぴり薬を盛ってみたところ、妖怪の睡眠時間が一時間ほど長くなった。人々はそれに満足しなかった。

「睡眠薬は、長く続けると効き目が落ちてくるだろうか」

「実際のところ、妖怪は何の用事もないじゃない。毎日屋敷にこもって鏡を見るぐらいで……。もう少し寝たって問題ないよ」

「起きているのは一日五時間でじゅうぶんだろう」

人々はどこにいてもそんな話題で騒いでいた。妖怪は鏡に映る自分の姿にしか興味がないから、世間で何を言われようが気にしていない。

睡眠薬の使用が大っぴらに論じられ、もはや世論となった。

「おお、もう十五時間以上眠ってるぞ」

「もっと早く薬を使えばよかったのよ。みんながきれいになるのは、とてもいい気分じゃない？」

「そうだよ。これが俺のほんとうの顔なんだ。いいぞ」

妖怪が目覚めているのは、一日四時間だけになった。

「うう、頭が痛い。どうして最近、こんなに体調が良くないのかしら。でも、病んでいる姿もきれいね。ああ、あたしってなんてきれいなんだろう」

妖怪は、自分に何が起きているのか、まったく気づいていなかった。鏡に映る自分の姿に気を取られて、他のことには何の興味もなかった。

人々はそれを見て安心し、平気で妖怪の食べ物に睡眠薬を入れた。

すでに大多数の人の認識が変わっていた。誰もが、美しくなった姿が本来の姿であり、妖怪が起きている時の姿は呪われた姿だと考えた。その四時間が、耐えがたくなってきた。

「たいへんです！　妖怪が目を覚まさなくなりました」

睡眠薬の使いすぎが原因だった。人々はうろたえた。このまま妖怪が死んでしまったらどうしよう。妖術が消えてしまったら？

すぐに最高の医療スタッフが妖怪の治療に当たったものの、身体構造が人間とは違うので何をすればいいのかわからず、チューブで栄養剤を注入することぐらいしかできなかった。

「何ごともなく眠っているみたいだけど」

「もう一カ月になる。このままほうっておいても死にはしないだろう。特に問題はないさ」

「そうよ。この妖怪は、大小便もしないじゃない。自分では、美しい者はトイレなんか行かないんだって言ってたけど」

人々は、むしろ都合がいいと思った。妖怪が倒れて以来、二十四時間美しさを保つことができた。栄養剤に睡眠薬を混ぜてチューブで入れた。そして妖怪が再び目覚めないことを願っていた。

心配したけれど、何年たっても妖怪には何の問題も起こらなかった。問題は別のところにあった。

「これが俺の子供？　ちょっと……あれだな……」

「最近の子供たちは、まあ、不細工なのがかえってかわいいと思って育てなきゃね」

「おや？　今の子たちは、どうしてこんな顔なんだろう」

生まれてから妖怪の光の輪を受けていない子供たちは、ひどく不細工だった。大人たちは皆とても美しく、その中で微妙な違いを見つけて美しさを競っていた。目の肥えた人々には、子供たちの平凡な顔ですら、ひどく不細工に見えた。これは別の種族だと言い出す人までいたほどだ。

子供たちが成長すると、問題はいっそう大きくなった。

「大人はみんなきれいなのに、どうして僕たちだけこんな顔なんだろう」

「あたしもきれいになりたい。うえーん。ママやパパみたいに、きれいになりたいの」

大人たちは不細工な子供たちが哀れだった。

「何とかして妖怪の目を覚まさせるべきじゃありませんか。子供たちがあまりにかわいそうですよ」

「そんなことをして、問題が起こったらどうするんです。何年も眠らされたことに気づいて出ていったりしたら……」

「外見がそんなに重要でしょうか。大切なのは心です。かわいそうな子供たちに、心の大切さを教えましょう」

妖怪を起こすのもためらわれた。どうすることもできない。この子たちがもっと大きくなって世代交代すればいいかもしれないが、今はまだ、きれいな人たちの世の中だ。

せめて外見についての差別はやめようという空気が社会全体に広まり出した時、人類にとって意義深い事件が起こった。

火星に行っていた有人宇宙船が、十数年ぶりに無事に地球へ帰還したのだ。

「われらの英雄が地球に帰ってきました」

「わあ！」

宇宙飛行士たちは世界中の人々の歓声を受けながら宇宙船から降りてきた。

しかし彼らは、押し寄せる群衆を見て悲鳴を上げた。

「な、なんと！　私たちが火星に行っている間に、地球で伝染病でも流行《はや》ったんですか？」

「皆さん、どうしてそんな顔になってしまったんです」

人々は訳がわからなかった。今、人類は最高に美しいのに、何を言っているのだ。

やがて人類は、ぞっとするような真実に向き合わねばならなかった。

「こ、ここ、ほんとに地球ですか？　いったい、人類の顔がどうしてこんなになってしまったんです。目は裂けたみたいに細長いし、鼻はみんな上を向いているし、顔はジャガイモみたいにでこぼこして、口がゆがんで……」

「……」

　想像もしていなかった。

　世界でいちばん美しい妖怪の妖術とは、人々の顔を妖怪のように変えると同時に、そんな顔がいちばん美しいと思い込ませるものだったのだ。

「小さな子供たちの顔は普通なのに……。いったい、地球で何があったんです。みんながこんなひどい顔になるなんて」

　人々は凍りついた。子供たちではなく、我々が不細工だって？

　しかし、だからといって美しさの尺度が変わったわけではない。相変わらず人々の目には、自分たちがいちばんかわいくてかっこよくて美しい。地球の美の基準は、確かに自分たちにあった。

　一度、思い出そうとはしてみた。妖怪が現れる前の美の基準について。

　あの頃、いったいどんな顔が美しかったのだろう……。子供たちは今でも、自分たちが不細工だと思って泣いている。

お客さんをどこに送るべきか

ポーン。

電光掲示板が56654を示すと、女は自分の番号札を確認した。まだだ。もっと早く来ればよかった。

相談窓口の向こうでは、白い制服の職員たちが忙しそうに働いていた。職員たちは大声を出す客や泣きわめく客、だだをこねる客の相手で疲れているように見える。

ポーン。

番号が変わる音に、女は自分の順番かと思って顔を上げた。掲示板には数字ではなく文字が出ていた。

〈本日の業務は終了しました〉

「あ！」

ソファにもたれていた女は身を起こした。今日中に行かないといけないのに。

職員が窓口の電気を消して片付け始め、客も一人二人と出ていった。

女は座ったまま、おろおろしながら職員を見た。

女に気づいた新米の女性職員が近づいて声をかけた。

「今日はもう終わりです。明日またお越しいただけますか」

「そ、それじゃ遅いんだけど……今日じゅうに行かないといけないんです。ねえ、お嬢さん、どうにかできませんか？」

新米職員の手を握って必死で訴えた。新米職員は困惑して、デスクを整理している他の職員たちを振り返った。

疲れ果てた職員たちは首を横に振ったり、駄目だという身振りをしたり、時計を指差したりした。新米職員は再び申し訳なさそうな顔で言った。

「あの、今日はもう終わりましたので、明日また……」

「お嬢さん、お願い。今日じゃないといけないのよ」

新米職員はその切羽詰まった表情を見てため息をつくと、他の職員たちの顔色をうかがった後、うなずいた。

「わかりました。こちらにどうぞ……」

窓口の一つに行き、また電気をつけて座った。女はしきりに感謝しながら、その前に座った。

他の職員はいっせいに顔をしかめた。一人の勝手な行動によって帰りが遅れるのは納得できない。ここの職員は誰かが仕事をしている限り、帰宅できないことになっているのだ。

席についた新米職員は迅速《じんそく》に処理しようと、当てずっぽうで聞いてみた。

「若返りに関するご相談でしょうか」

「いや、そうじゃないの」

「では？」

それに続く女の言葉に、職員はあっけにとられた。

「地獄に行きたいんです……」

「え？」

新米職員の頭上で、エンジェルリングがろうそくの炎のように揺らいだ。

＊

天国出入国管理事務所の新米女性職員は、女の人生記録を見てつぶやいた。

(金徳順《キムドクスン》、六十三歳で死亡。生涯、他人に迷惑をかけないよう努力し、他人を傷つけるようなことを言わず、世の中のためになることもたくさんして……これなら間違いなく天国行きだ。それも、近年珍しい一等級で最優先なのに)

彼女は眉をひそめた。とうてい理解できない。

「いったいどうして、地獄を希望するのです。この三日間、一度も天国を見物しなかったんですか」

女は目を赤くして言った。

「死んでから知りました。天国と地獄があるって……。でも、娘が……。うちの娘は自殺したんです」

「え？」

「自殺した人は地獄に行くそうじゃないですか。もう何十年も前のことです。私は行かなくちゃいけないんです。早く行って、娘のそばにいてやりたいの。地獄にいる、かわいそうな娘と一緒にいてやらなきゃ……」

「……」

新米職員は、返す言葉が見つからなかった。こういうケースをどう処理するのか、まだ教わっていない。

「おい、どうした？」

帰りが遅れるのに我慢できなくなった男の先輩が近づいてきた。いら立ったような口調で言われて、ちょっとたじろいだ。

「あの、それが……この方が、地獄に行きたいとおっしゃって……」

「え、地獄に？」

男も当惑し、新米職員から事情を聞くと表情をこわばらせて、横に置いてあった人生記録を手に取った。

その間にも、新米職員は説得を試みた。

「お客様！　地獄に行くというのは、ちょっと難しいんですよ。システム的にも無理がありますし」

「死に神が教えてくれました。死んで三日以内なら行き先の変更も可能だと。今日が三日目なんです。私は絶対に行かなければならないの」

（あいつめ、よけいなことを！）

新米職員がつぶやいた。

先輩職員は女の人生記録を見ながら、「何てことだ」「ほう」「おや」「ふうっ」などと独りごとを言っていた。

「まったく、この方の人生は……」

「？」

新米が顔を向けると、先輩職員は苦々しい顔で言った。

「子供の頃、事故で両親が亡くなって……親戚に引き取られて女中のようにこき使われ……。ああ、子供なのに破廉恥《はれんち》な従兄《いとこ》にひどいことをされてる」

「あ……」

「十八歳で家出したものの、行くあてがないから道端で寝た。何日もご飯が食べられなくて、ゴミ箱をあさって……ふうっ。そのうちに、やっと食堂に住み込みで働くようになって衣食住は解決したけれど……。お金を盗んだと濡れぎぬを着せられたあげく、袋だたきにされて追い出され……道端を転々として、今度は工場に勤めたが、事故で指を一本失ってクビになり……」

「まあ、ひどい」

「それでもどうにか美容院で雑用をしながら、少しずつ貯金したのに……同じ部屋で寝起きしていた先輩にだまし取られてしまった。それから……」

「何てこと」

「死のうと思ったけれど、好きな人が出来て結婚し、これからはちょっと楽になるかと思った時に……何と、三十歳の時にご主人が亡くなってるね。一人で幼い娘を育てようと、あらゆる苦労をしたが……。その娘さんが十八歳で自殺してしまうなんて。死にきれないで生きて、誰にも看取《みと》られずに小さな部屋で独り寂しく死んだ……ああ、何てことだ。一生貧しさにあえいだんだな。だけど、立派だよ。そんな中でも正しい生き方を貫いて、一等級になるなんて……」

　二人の職員は、あまりの気の毒さに顔をゆがめた。男の話が終わると、それまで黙って聞いていた女がうなずいて穏やかに言った。

「ええ。私が貧乏で……母親が無学で貧乏だったせいで、娘はしたいことが何もできずに死んでしまいました。何一つしてやれなかった。だから、行かなければならないんです。かわいそうな娘の横にいてやりたいの。お願いです」

哀願されて、二人は困った。

「生きている時に苦労なさったんだから、これからはもう、楽に過ごしてください。地獄はとてもつらい所ですよ」

「娘が地獄にいるのに、私が安心して暮らせるはずがないでしょう。そんなことはできません。私は娘の所に行きます」

女は首を横に振りながら涙を流した。二人の職員は気の毒で仕方なかった。天国でじゅうぶんな補償を受けるべき人なのに。

「弱ったな……。なあ、ちょっと来てくれ」

男は他の職員に手招きした。すると眼鏡をかけた男の職員が面倒臭そうに近づいてきた。

「いったい何をしてるんだ。まだ帰らないのか？　何なんだよ」

「どうすればいいだろう。地獄に行きたいとおっしゃるんだが」

「え？　地獄？」

やはり驚いた。事情をすべて聞くと、眼鏡の男も気の毒そうな顔で言った。

「まったく、ひどい人生があったもんだ」

眼鏡の男は、考えた末に言った。

「送ってあげようや」

「何だと？」

「こんなに娘さんの所に行きたがってるんだから、仕方ないだろ。地獄に送ってあげよう」

「何を言う。お前、頭がどうかしてるぞ。地獄がどんな場所だか、わかってるのかよ！」

二人の意見が対立したので、間に挟まった新米職員は困り果てた。彼女は二人の会話には口を挟まず、ただ女の手を握って、ばつの悪そうな顔で微笑《ほほえ》みながらうなずいていた。

二人の男はいっそう大きな声を上げた。

「人生記録を見ただろ。生涯を不幸に暮らしたんだから、死んだ後ぐらい天国に行くべきだ」

「本人が地獄に行きたいって言ってるんだろ。娘が地獄にいるのを知りながら、天国で気楽に過ごせるもんか」

「駄目だ。地獄は苦しい所なのに。この人はこれ以上、苦痛を受けてはいけない」

言い争う声に、帰り支度をしていた他の職員たちも集まってきた。

「どうした？　何があったんだ」

「もう帰ろうよ。今日は陳情が多かったから疲れてるの」

「お前たち、何をやってる。おい、そこの新入り！　勤務時間が終わったら、絶対受け付けるなと言っただろ！」

職員たちが口々に言うと、先輩職員と眼鏡の職員が説明した。

「まあ、聞けよ。それが……」

職員たちは事情を聞き、女の人生記録を回し読みして、ため息をついた。地獄に落ちてでも娘のそばにいたいという親心に胸が詰まった。

「俺も……このまま地獄に送ってあげるのが筋だと思う」

「何てこと言うの。天国に送らなきゃ」

他の職員たちも二つに分かれて言い争った。

「何もわからないくせに偉そうな口をきくなよ。最愛の娘を地獄に残したまま天国に行ったたって、毎日泣き暮らすしかないじゃないか」

「お前は地獄がどんな所だか知らないのか。硫黄の火にちょっとでも近づいたら、とんでもなく熱いんだぞ。そんな所に送れってのか、この野郎」

「そんな所で娘が苦しんでるから、気が休まらないんだろ」

「地獄みたいな人生だったのに、死んでまで地獄に落ちろだと？　娘さんだって、そんなことは望まないはずだ」

「お前に何がわかる！」

職員たちはヒートアップした。新米職員は女の手を握って申し訳なさそうに微笑していた。その時、女が涙を流して彼らに言った。

「ごめんなさいね、私のせいで……けんかさせてしまって……」

職員たちは跳び上がって手を振った。

「いえいえ、とんでもない」

「大丈夫ですよ。けんかじゃありませんから」

笑顔で女に言うと、再び声を上げて言い争った。

「天国に送らないといけないんだってば！　これからは幸せに過ごすべきだ」

「じれったい奴だな。娘さんと一緒にいたいって言ってるじゃないか。望みどおりにしてあげようや」

「地獄では、お互いにつらくなるだけだ」

結論が出ない。天国派、地獄派双方に、それなりの言い分がある。

その時、天国派の一人が、女に向かって叫んだ。

「ご主人に会いたくはありませんか？　亡くなったご主人に！」

「うちの人に？」

女はぽかんとしていた。職員は女の人生記録を見ると、すぐに別の人生記録を探してきた。

「天国ですね。今、天国にいらっしゃいます。天国に行けば、ご主人に会えますよ」

「ああ……」

女の目が、また赤くなった。

「そう、そうね。私、うちの人にもう一度会えたら、言いたかった。私は娘を一生懸命育てましたよって。一人で一生懸命育てたから、よくやったね、ありがとう、ごめんねと言ってちょうだいって。ほめてもらいたかったんです。私が死んで再会できたなら、そんな言葉をかけてほしいと思っていました」

「……」

職員たちは胸がいっぱいになった。女は言葉を詰まらせながら話を続けた。

「でも、もう、そんなことはできません。私のせいで、娘が死んでしまった。面目なくて。私が悪いの。うちの人に、合わせる顔がありません……」

「い、いえ、それはお客さんのせいじゃないのに」

悲しそうに泣く女を見て、職員たちはいても立ってもいられなくなり、よけいなことを言い出した職員をなじった。

どうすることもできない。女を地獄に送るのも、天国に送るのも、申し訳ない気がする。

「まったく！　娘さんは、なんで自殺なんかしたんだろ」

「おい、声が大きいぞ」

職員たちはその娘が恨めしかった。ふと、一人の職員が言った。

「ひとまず地獄に連絡して、聞いてみたほうがいいんじゃないか？　お客さんが地獄に行った場合、娘さんと一緒にいられるのかって。もし一緒にいられないなら、地獄に行く意味がないだろ」

「うむ……」

それはもっともだ。職員たちは久しぶりに地獄の総務部に連絡した。

「もしもし」

「地獄ですか？　こちら天国ですが」

「ふぇっ？」

職員は事情を説明し、女の人生記録を地獄に送った。

すると地獄でも、

「来るように言え。うちだって、それぐらいはしてあげられる」

「何を言う。人生記録を見ただろ？　天国に行くべきだ。どうして地獄に来なきゃいけないんだ？」

「それぐらいの便宜は図ってあげようや」

「地獄で便宜だなんて、何のことだ。馬鹿め」

「何だと、この野郎」

まったく同じような言い争いが起こった。

「……」

天国の職員たちは戸惑いの色を隠せなかった。地獄の職員たちが天国に向かって叫んだ。

「絶対にこっちに寄越しちゃいけませんよ！　天国で安楽に過ごせるようにしてあげてください」

「お前は黙ってろ！　こちらに送ってください。娘さんと一緒にいられるように取り計らいますから」

「硫黄の火の近くなんだぞ、この野郎」

「母親の気持ちって、そういうものなんだ。お前なんかにわかるもんか」

「……」

問題は、いっそうこじれた。天国側が送ると言っても、地獄側に拒否されるという事態も想定しなければならない。何とも困ったことだ。

地獄に送るべきか。あるいは天国か。

その時、ずっと女の手を握っていた新米職員が、おずおずと口を開いた。

「あの……転生していただいたらどうでしょう?」

「転生?」

「お客様、生まれ変わって、また親子になってはいかがですか」

職員たちが目をぱちくりさせた。生まれ変わる? 皆は女の顔色をうかがった。

女は感激の涙を浮かべて新米職員に聞いた。

「そんなことができるんですか。ほんとに? もう一度、私がうちの子の母親になれるの?」

その言葉を聞いて、職員たちが言った。

「できますよ。大丈夫です。なあ、いいよな? 一等級だから転生オプションを選択できるだろ?」

「ちょ、ちょっと待て。天国から生まれ変わるには、死んだ直後に決定しないといけないんだ。この方はもう三日目だから、遅いんじゃないか?」

「いや、まだ天国には行ってないから、三日目までは行き先が変えられるはずだ。

死に神がそう言ってたらしい。一度、調べてみろ」

「でも、地獄にいる娘さんはどうする？　地獄には転生オプションがないぞ」

「両親が積んだ徳で、どうにかできないか？　調べてみろよ。今すぐ！」

職員たちは再び地獄の総務部に連絡した。

「その娘さんが罪を償う期間は、あとどれぐらい残っていますか？　それと、また人間として生まれ変わるのは可能でしょうか？」

「しょ、少々お待ちを。おい、駄目なんじゃないか？　まだ、だいぶあるだろ？」

「自殺だから当然、ずっと先だよ」

「同じ自殺にしても他の人に与える影響によって違うはずだ。資料に当たってみろ」

天国でも地獄でも、すべての職員が忙しく働いた。女はそれを見て申し訳なさそうに言った。

「ああ……私のために……」

「いえ、気にしないでいいんですよ」

新米職員が女の両手をなでて微笑した。

「大丈夫だ。一等級だから、今すぐ転生オプションが選択できる。娘さんが人間として転生できさえすれば、もう一度親子になれるぞ」

「そうか。では、地獄はどうです？」

「ちょっと待ってください。おい、駄目なのか？」

「えーと……できるというか、できないというか……その……」

職員たちは固唾を呑んで地獄の答えを待った。

「あのう……最初の子供でなくても構いませんか？」

「え？」

「娘さんが罪を償う時間がだいぶ残ってて。お客さんが今すぐ生まれ変わるとしても、娘さんは四十年後でないと転生できないんですよ。四十年後にまた子供として産むのは、何とかできるような気がしますが……」

「お客様、四十歳で産むということでいいですか？」

女は涙を拭いながらうなずいた。

「娘とまた会えるなら、どんな形でも結構です。もう一度苦労しても構いません。ほんとうにありがとうございます。申し訳ありませんでした。ありがとうございます」

女は、ようやく明るい笑顔を見せ、何度も頭を下げてお礼を言った。地獄にも感謝の言葉を述べた。

職員たちは感動し、微笑んだ。

新米職員は女の人生記録にハンコを押した。

「これで手続きは完了しました」

女の全身が光に包まれた。女は最後の瞬間まで頭を下げ続けた。

その姿が消えた。

「……」

新米職員の背後に立っていた職員たちは、すぐに帰宅しようとはしなかった。

「おい、祝福をつけようぜ」

「オプションをありったけつけろ」

「財産！　健康！　縁故！　美貌！　祝福を一つずつつけるんだ！　早く！」

職員たちは大あわてで、女の新たな人生記録に各自一つずつ祝福をつけ始めた。

新米職員が面食らった。

「そ、それって規則違反になりませんか？」

「知ったことか。どうせ勤務時間外だ。お前もさっさと一つつけろよ」

新米職員は、満面の笑みを浮かべた。

「ええ、じゃあ、私は……」

キム・ドンシクってどんな人？

キム・ドンシクは一九八五年に京畿道《キョンギド》城南《ソンナム》に生まれ、釜山《プサン》で育った。学校がいやで中学校は一年で辞め（後に検定試験を受けて高卒の資格は取っている）、職を転々とした後、二〇〇六年からはソウルの鋳物工場で十年働いた。ソウルに友達は一人もおらず、将来の夢もなかった。小説など読んだこともない。

そんな折、退屈しのぎにインターネットを見ていて、あるサイトの〈恐怖〉という掲示板に、聞いた話や体験談だけでなく創作した話も投稿されていることに気づいた。読んでいると自分にもできそうな気がしたので生まれて初めて物語を書いて投稿してみたら、面白いという書き込みがたくさんついた。うれしかった。二〇一六年五月のことだ。以来、書き込みを見るのを楽しみに、三日に一篇投稿し続けた。

だが自分は小説などろくに読んだこともなく、文章の書き方も知らない。サイトでそう告白すると、彼の作品を愛する人たちが文法や綴りの誤りを指摘したり、より良い表現を提案してくれたりするようになり、それを素直に聞き入れているうちいつしか文章も上達した。そうしてできた多くの〈超短篇〉が作家キム・ミンソプの目にとまって本として出版されることになった。

二〇一七年十二月に『灰色人間』『世界でいちばん弱い妖怪』『十三日のキム・ナム』の三冊が同時刊行されるやいなや、文壇とはおよそ縁のないところから突如現れた無名作家による、ユーモラスでありながら人間の本性を鋭く暴き、結末で意表を突く斬新な作品群が世を驚かせた。本はその後も続々と刊行され、二〇二一年三月、合計二百二十五篇を収める〈キム・ドンシク作品集〉全十巻が完結した。これまで実際に書いた作品は約九百篇にのぼる。

人気作家となり半地下の生活を脱出したキム・ドンシクは、かつての自分が想像の世界に遊ぶことによって孤独と退屈な労働に耐えたように、自分の作品によって誰かが楽しい時間を過ごしてくれることを願いながら、今も書きつづけている。

［訳者］ **吉川凪**（よしかわ なぎ）

大阪生まれ。仁荷大学国文科大学院で韓国近代文学専攻。文学博士。著書に『朝鮮最初のモダニスト鄭芝溶《チョンジヨン》』『京城のダダ、東京のダダ――高漢容《コハニョン》と仲間たち』、訳書としてチョン・セラン『アンダー・サンダー・テンダー』、チョン・ソヨン『となりのヨンヒさん』、崔仁勲《チェイヌン》『広場』、李清俊『うわさの壁』、キム・ヘスン『死の自叙伝』、朴景利《パクキョンニ》『完全版　土地』などがある。金英夏《キムヨンハ》『殺人者の記憶法』で第四回日本翻訳大賞受賞。

［イラストレーション］ **クイックオバケ**

おばけのキャラクターを軸としながら、アニメーション、イラストレーション、漫画などさまざまなシーンで活躍。文芸誌『文藝』の表紙画も担当。

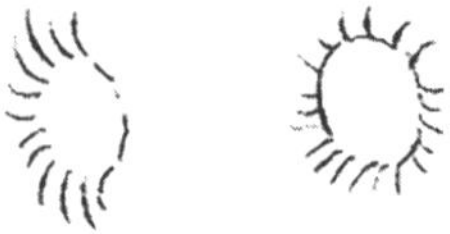

世界でいちばん弱い妖怪

2021年11月15日　初版第一刷発行

著　　者　キム・ドンシク
訳　　者　吉川凪
発 行 者　飯田昌宏
発 行 所　株式会社小学館
〒101-8001 東京都千代田区一ツ橋2-3-1
編集 03-3230-5959
販売 03-5281-3555

D　T　P　株式会社昭和ブライト
印 刷 所　凸版印刷株式会社
製 本 所　株式会社若林製本工場

Printed in Japan　　ISBN978-4-09-356731-2